大魚讀品
BIG FISH BOOKS

让日常阅读成为砍向我们内心冰封大海的斧头。

他跟我聊到樱桃树、灰尘以及一座山

Et il me parla de cerisiers, de poussières et d'une montagne

[法]安东尼·帕耶——著 高原——译

Antoine Paje

北京联合出版公司
Beijing United Publishing Co.,Ltd.

图书在版编目（CIP）数据

他跟我聊到樱桃树、灰尘以及一座山 / (法) 安东尼 · 帕耶著；高原译. — 北京：北京联合出版公司，2017.10

ISBN 978-7-5596-0962-5

Ⅰ. ①他… Ⅱ. ①安… ②高… Ⅲ. ①长篇小说—法国—现代 Ⅳ. ①I565.45

中国版本图书馆CIP数据核字（2017）第234487号

著作权合同登记 图字：01-2017-6353

他跟我聊到樱桃树、灰尘以及一座山

作　　者：〔法〕安东尼 · 帕耶
译　　者：高　原
责任编辑：谢晗曦　夏应鹏
装帧设计：@broussaille私制

北京联合出版公司出版
（北京市西城区德外大街83号楼9层　100088）
北京嘉业印刷厂印刷　新华书店经销
字数85千字　787毫米×1092毫米　1/32　印张6.5
2018年3月第1版　2018年3月第1次印刷
ISBN 978-7-5596-0962-5
定价：36.00元

有些时候，

我们可能要花一辈子的时间来学习走路。

"卢西琉斯[1]，我们害怕的东西

比真正能伤害我们的东西要多得多。"

——

《给卢西琉斯的信》，塞内卡[2]（公元前 4—公元 65）

"每天都做一件自己害怕的事情。"

——

埃莉诺 · 罗斯福[3]（1884—1962）

---

1 Lucilius，另译为卢基利乌斯，塞内卡的好友，时任罗马帝国西西里总督。

2 Sénèque，古罗马最重要的悲剧作家。

3 Eleanor Roosevelt，美国第 32 任总统富兰克林 · 德拉诺 · 罗斯福的妻子。

致那些传说中的尤达大师。

前言

在读这些“现代”文学作品的时候，我一直惊讶于那些带有异域色彩的关键性的相遇：在印度或者中国西藏的山上遇到的那个年迈的智者、蒙古的萨满、印第安的巫师、来自西奈半岛或者土耳其的和尚，或是其他的一些类似的人。

由这些智慧的结晶，我联想到了那一粒粒的沙。一粒沙的威力是无穷的，它能让世界上威力最大的机械停止运转，走向灭亡。磨砺成沙土要花上千万年的时间。一粒粒的沙向前翻滚，随风飘洒，散落在世界的各个角落。然而，不论怎样，沙就是沙，不会因为风雨或是一路的漫长旅程中的任何经历而改变，不论时间、空间或者语言如何变化，它始终如一。奇怪的是，没有什么比一粒沙更像一粒沙。我个人对此的理解是：智慧是万能的。一旦摒弃表象和假象，每一个研究它的人，都会找到相同的答案。不论是十分简单的问题，还是烦琐至极的问题，关键都在于找到这个答案。

也许这就是那些异国情调出现的真正原因。事实上，我们既被自己的盲症所累，又被外物所蒙蔽。线索就在我们眼前，我们却视而不见。当它们“坚持”出现在我们眼前的时候，我们耸耸肩，继续视而不见。我们没时间考虑这些，因为身边的事情一件接一件，从不停歇。我们从来不会去关注脚下的小石子，哪怕它们为我们指引着前进的方向。然后，也许是一次艰辛的远行，也许是一次偶然的相遇，也许是一段生命中非同寻常的小插曲，总之，借助于这些不一样的经历，我们终于摆脱了那片障目的叶子，泰山就在眼前。我们不会再对它们视而不见，因为我们在内心深处明白它们是我们找寻真我的关键。

这样非同寻常的插曲和相遇看似只是漫长生命中的

一个片段，然而它们却影响深远。

最牛、最能改变我们生活状态的征兆往往在这样一些人的身上出现：他们是远远超越我们的强者，他们会伸出坚实的手臂帮助我们进步，帮助我们成为像他们一样的强者；他们会帮我们踏平歧路，平步青云。成年人会把蹒跚学步的稚儿放在自己的肩膀上，然后告诉他，想走路,必须一步一个脚印才行。我把这些强者称为“尤达大师”,这个名字来自我喜爱的电影——《星球大战》。

乔治·卢卡斯为身高只有六十多厘米的绝地大师起了“尤达”这个名字，因为乔治本人是一名忠实的梵语粉。梵语中的“尤达”（Yoddha）是战士的意思，在希伯来语中“尤达”（Yodea）则是智者的意思。所以，我们是不是可以把这个词理解为“睿智的战士”？

引言

我们所有人——男的、女的、年轻的、年老的，不管有什么文化背景或信念——都在恐惧。我们拒绝承认内心的恐惧，是因为一旦承认，就会觉得脸上无光。但是，如果我们不跟它打交道，恐惧就会杀死我们，一点一点地。它会令我们做出一些莫名其妙的过分举动，会让我们的智商归零，然后，我们更加感到脸上无光。我们生活中的失败和低谷，我们足以摧毁别人生活的行为和举动，归根结底，往往是内心的恐惧在作怪。

我知道“恐惧”这个词听起来让人很不舒服，所以我们拒绝听到这个词。承认自己内心的恐惧从来都不是一件令人愉快的事情，有时候你会觉得自己被大家各种看不起，所以人们会试着找出一些相对来说比较容易接受的同义词来代替恐惧。我们会说不舒服、紧张、焦虑、不安、担心他人的反应、危机、全球化，甚至“彗星来了”。简而言之，就是一些合理的、明确的事物，它们是由这些或者那些原因引起的，那些原因对我们来说是外物，无关我们自身。或者我们干脆保持沉默。我们反复思索，感到不舒服，觉得自己倒霉又失败，即使这样，我们也不愿意说出那个可怕的词——“恐惧”。

最初的努力，最开始的进程，因“恐惧”而中止！然而一旦承认了内心存在的恐惧，我们需要做的只剩下去探寻治疗恐惧的良方。就像医生给佝偻病患者开治疗偏头疼的药一样，如果不能确定症结所在，我们是找不到对症的良方的。

我们的“恐惧”从何而来？来源多种多样、五花八门。但有一点十分明确，大部分的“恐惧”来自教育。这里的“教育”含义十分广泛——我们身边所有的事物。

恐惧很难对付，它隐藏得太深，以至于人们经常会说：“呃，我不怕，真的。”实际上，他害怕。所有人都会害怕，或者说基本上所有人都会害怕。然而为了摆脱恐惧，我们必须直面恐惧。

我说的是那些我们不曾察觉，却会破坏我们生活的“假”恐惧。我们害怕自己不够成功、害怕失败、害怕没人爱、害怕把事情搞砸、害怕让别人失望、害怕成为他或她生命中的过客、害怕新的环境、害怕一个人、害怕改变、害怕一切。

为了对付这些“假”恐惧，我们探索出了一条“应用规模惊人”的“预防准则”，当然，我认为这显然不是对抗恐惧的良方,但我们却把这条准则拿来内外兼用。我们甚至会扪心自问，在已有的社会保障下，生活中真的还有那么多潜在的、持久的危险吗？这些危险都隐藏在什么地方？是不是我们自己在制造危险论？这条被广泛应用的预防准则所产生的严重后果就是，使我们更加坚信在我们这样或那样的“恐惧”背后,都有一个真实的、客观存在的原因，然而，这种认知往往十分不靠谱。很多时候，为了远离一个并不存在的，或者说发生概率极低的危险，一个轻而易举就能避开的危险，政客们折腾出了一系列的法律条文来使我们紧张的神经“放松”下来。这种虚幻的恐惧来自我们的想象，也来自现实，尔后，我们更加坚信，持久、严峻的危险确实存在。

这样的例子不胜枚举。最近发生的一件事情就是例子，然而这个例子傻到可笑，好吧，我们还是说说吧。最近，为猫和狗设计的防蚊虫项圈被禁止使用，原因是大概、可能、也许有一天某位小朋友会因为接触了这样的产品而造成轻度中毒。当然，从这些防蚊项圈面世至今，并没有这样的案例发生。预防准则来了——召回正在出售的防蚊虫项圈，所以现在市场上只有直接涂抹在宠物皮肤上的管装液体杀虫剂出售。让我们按照这个思路走下去,液体杀虫剂在宠物的皮毛上能附着整整一天，在这一天中，和宠物接触、嬉戏的小朋友在理论上同样有中毒的危险。还有一个问题，管装液体杀虫剂要比防蚊虫项圈贵得多，所以很多宠物的主人也许无奈之下就会放弃给宠物除虫。于是,这些宠物身上就会有寄生虫，然后，在某一天，跟这个宠物有过亲密接触的小朋友可能就会感染跳蚤。一旦感染跳蚤，这个小朋友就有可能患上一种极为严重的传染病——莱姆病[①]。不好意思，举的例子有点儿长（一会儿你们就会知道我为什么绕了这么大一个圈子）。在我看来，这充分说明了这种“假”恐惧的严重危险性。我们用预防准则来把问题从眼前推开，而不是主动去思考、去分析，这才是真正危险的事情，而我们正在这条路上越走越远。

因为这些“恐怖”论、“危险”论越来越普及，所以，我们只能生活在一个充满焦虑、充斥着担心的环境里。而这种焦虑、这种担心往往是我们臆想出来的，属于完全没必要的。我们认为身边的一切都有潜在的威胁，所以，我们把一切都威胁化、危险化。我们和身边的人、身边的事都保持着所谓安全的距离，进而错过了生命中

① 莱姆病是由伯氏疏螺旋体感染引起的一种自然疫源性急性传染病。

许多珍贵的片段，错过了许多美好惬意的时光。我曾经在公共场合被一位女士大声呵斥，原因是我将自己没吃完的三明治面包屑“贡献”给了一只鸽子。这位女士觉得我不应该这么做，因为鸽子身上可能携带着某种病菌，可能会传染给人类。而这只在她眼里恐怖无比的鸽子，距离我坐的长椅有 4 米远，距离这位女士更远。请问，这只鸽子能怎样将自己身上可能携带的病菌传染呢？好吧，我承认，有些地方的鸽子确实不是很干净。

我们和生活保持距离，和美好保持距离，和天才的创造性保持距离，和惊喜保持距离，和命中注定的悲剧保持距离……因为所有的一切在我们的眼里都是潜在的威胁。因为生活五味杂陈，“悲”和“苦”是其中必不可少的两味。我曾经和一个老朋友闹过一次不愉快，因为他的生活十分自由而……放纵，鉴于他的生活状态和生活经历，我认为他有必要去医院做一次艾滋病病毒的检验。但是，他不肯去。因为他害怕，他怕检验结果为阳性，怕自己把艾滋病病毒传染给了自己的女伴们，怕承担这一系列的责任和后果。他真的害怕极了，但这种恐惧带来的后果更可怕。他不去做检查，不确定自己是否是艾滋病病毒携带者，于是也就不能确保自己的女伴们不被自己传染上艾滋病。虽然现在借助药物，艾滋病的病情能够得到不错的控制，但不可否认，它仍然是当今最可怕的疾病之一，无法被彻底治愈。当然，还有一个可能，那就是他并没有感染艾滋病病毒。但是，因为内心的这种害怕，因为他不去做检查，导致他彻底失去了这百分之五十听到好消息的机会。我不知道他之后有没有去做这个检查，也不知道他此后的生活是不是会一直被感染艾滋病的恐惧和可能会传染给别人的内疚所困扰。但是，我知道恐惧会催生悲剧和痛苦。

事实上，恐惧确实会催生悲剧和痛苦：孤独源自恐惧，自省源自恐惧，苦恼源自恐惧，怯懦源自恐惧。恐惧极其隐秘地破坏着我们的生活，等我们意识到的时候，已经很晚了。当一个男人看到一个被虐待的孩子或者一位正在被殴打的妇女时，他对自己说：“这不关我的事”

或者“别人会管的”。后来，他得知那个孩子或是那位妇女死了。他的内心一定会被恐惧占据，这种恐惧会间接地毁了他，会让他此后的生活被自责和悔恨占据。然而，当时他只需要对施暴者说一句话就好，一句“住手，否则我就报警”就能解决问题。多么简单！

一位恋爱中的女士，整天害怕某一天自己的爱人不爱自己了，害怕爱人“劈腿”，害怕爱人离开自己，于是，她无法全心全意地去爱自己的爱人，还时不时地来个骚扰或纠缠。正是因为这位女士自己内心的恐惧，她的爱人“劈腿”了，离开了她。因为他厌倦了，他觉得自己整天被莫名其妙地怀疑，他受不了她爱他的这种方式。一位母亲，一边把自己的孩子从一条神色悠然的狗狗身边拉走，一边夸张地大叫着“别碰它，它会咬你的”，把自己想象出来的恐惧强加在孩子身上，同时，也强加在那条并不懂她在说什么的狗狗身上。也许，它真的会咬人，因为恐惧十分有感染性。请注意，判断形势、评估风险、确定步骤，都和非理性的恐惧无关。恐惧只是一种情绪反应，在大多数时候，还是一种不好的、毫无依据的情绪反应。恐惧会让人陷入自我厌恶，然后使他们走向自我毁灭。还有，如果我们不自爱又怎么能够真正地爱人？不自爱又怎能奢望被爱？

我想起朋友之间的一次闲聊。那是新世纪之前的一个晚上，我们十二个人聚在一起，大家都还算是有文化、有辨别能力的人。但是我突然意识到我们当中有四个人是真的害怕那个会在12月31日午夜发生一连串灾难的传说。这种灾难论的传说造成了一种恐慌。其中一位女士特别担心，她对我们说今年她要回家，“这样的话，至少我们能死在一起”，于是我说起了前不久刚刚看过的一些关于这方面的东西：那个推算耶稣诞辰的修士在推算过程中有两三年的误差，也就是说，我们当时已经处在2002年或者2003年了。所以，只剩下一种可能——计算机不喜欢“2000”中的这一串零。说完，我看到那四张紧张的面孔终于有所放松。理智摧毁了深埋于他们心中的虚幻的恐惧。饶有趣味的是，我并没有深究这位可怜的修士是不是真的在计算过程中出现了失误。

在类似的 2012 年末日论面前，不少人也有同样的表现。他们购买《2012 生存手册》（大概 120 欧元），甚至在内华达州的沙漠上买三星级的地堡掩体（一座地堡的价格相当于巴黎七区一套三居室的公寓的价格）。至少，真的有些人是这样做的！

而这种恐惧的意义在于造就了一个利润丰厚的市场。被这种恐怖论洗脑的人绝对买了不少原本毫无用处的东西，还做了无数损失惨重又令自己后悔不已的决定。

据说，下次世界末日来临是 2020 年。这样一来，我们就有时间去储备蜡烛和干豆角了。看吧，你有没有发现这些世界末日都特别青睐一些数字序列？ 2000，整数。21-12-12，用英语写出来就是 12-21-12。如果换了别的数字可能就显得没有那么帅气了，比如 19-06-13 之类的。还有，2020，就是 20-20。

有点儿跑题了，这属于“外在”恐惧的范畴，虽然这些“外在”恐惧也在我们“内在”的恐惧中扮演着重要的角色。

以上这些纯粹是为了保罗·拉马尔什写的。他并没有意识到自己一直屈服于内心的恐惧，在被人揭穿内心的恐惧时会恼羞成怒。他，会害怕？当然不会。他有必要对自己有一个正确的认识。

他匍匐了很久，只为了在某一天能站起来，能大步前进，能好好生活。

最初的尤达大师们，

十年之前……

我一无所知，

或者说一知半解

前一天晚上，我抵达了旧金山。因为时差问题和拜访投资人前的焦躁，我几乎没怎么睡觉。满脑子想的都是明天要怎么说服投资人投资，因为这个项目对我和我的合伙人来说，至关重要。我在巴黎开了一家小旅行社，我的合伙人兼发小本努瓦则是一名皮肤科医生。我们把自己的全部身家都投到了这个项目里，做好了“不成功，便成仁”的准备。成功了，一大笔项目启动资金到手；失败了，便是人生的一个大跟头，会跌得很惨，还是一时半会儿爬不起来的那种。

那个时候，我们的项目算是一个十分有创新精神的项目，即便用现在的眼光看，也是一个不错的项目——医疗旅游，让中等收入群体能够通过一些方式去那些新兴国家就医疗养。对于那些新兴国家来说，这个项目能带来的好处不胜枚举。而对于促成这个项目的投资人来说，投资这些地方的医疗设施建设，比投资西方那些富裕国家的医疗事业，成本要低得多。鉴于美国的医疗消费水平，美国的病人必然会成为这个项目的忠实客户。在欧洲，牙科和整形外科的高昂费用，也会使来自欧洲的患者成为这一项目的有力后备军。本努瓦的任务是保证这些医疗服务的质量，并向他的病人推荐介绍这个项目；我的任务则是安排参加医疗旅游客户的出行和住宿，以及说服投资人投资。

当然，钱，我们可能筹到的钱，是我们一切行动的主要动力。但是，我们做这个项目还有其他原因，尤其对我来说，这个“其他”原因至关重要。小的时候，某一天早晨，我赖在床上不想起来，幻想着自己能开一家旅行社。当然，也许我没必要解释这么清楚，大家可能都有过类似的想法。那时候受电视节目的影响，毫无疑问地，我也曾幻想过自己要成为一名消防员、一名宇航员，或者一名科学家。后两个职业由于我的中学成绩不理想而告吹，后来想想，救火其实挺危险的，我还是蛮珍惜自己的身体的，不想让自己接受火的洗礼。于是，消防员也没当成。但是，长大后的我得上班挣钱养家糊口。于是，在姨妈过世后，我接手了她留下来的旅行社，那年我 27 岁。我很喜欢卡特琳娜姨妈，因为在我 12 岁的时候，母亲就去世了，父亲并不怎么管我，我是卡特琳娜姨妈一手带大的。姨妈把旅行社四分之一的股份留给了我，后来我又从表兄劳伦手里买回了姨妈留给他的那四分之三的股份，然后把旅行社收入的百分之一作为补偿，赠给了劳伦。我做了桩不错的买卖，但是依然负债累累。劳伦对钱没什么概念，他喜欢海，喜欢邀上三五好友一起赛船，喜欢周游世界，是《背包客指南》的忠实粉丝，整天开着一辆老旧的三手萨博汽车四处转悠。注意，我没有说我从他手里把钱骗了过来。可以说，如果他没把旅行社转让给他亲爱的表弟，就是我，那他的获利应该会更多一些。但是话说回来，如果他自己经营生意，这些“俗务”非折磨得他意志消沉、精神萎靡不可。至于我的合伙人本努瓦，则和他的父亲一样，长大成了一名医生，他跟我搞这个项目，是为了可以自己开家诊所。

本努瓦是我唯一的又瓷又铁的哥们儿。学校的长椅记录了我们的友谊，那时候，他指导我在数学和理科其他方面的功课，而我负责指导他如何泡妞。本努瓦聪明睿智，性格温和，待人真诚，但他并不擅长和女生打交道。其实我在女生面前也不吃香，但是这些年来，我一直靠着不错的身材、幽默的谈吐，以及个人性格魅力，努力弥补了之前的不足。我的嘴皮子功夫还不错，舌战群儒不在话下。正是基于这一点，我才做起了这个项目。

那年 2 月，我有了这个想法。那个时候我 29 岁，刚刚和玛丽娜分手。玛丽娜是我交往时间最长的女友。分手之前，她已经开始着手在网上挑选举办婚礼的酒店和城堡了，甚至还和我说：“分开住，成本太高了，还是住一起比较合算。”我很爱玛丽娜，但是这并不足以使我说服自己让另外一个人"闯入我的生活"，让自己接受那些不一样的生活习惯，和她在一起的种种快乐不足以让我欣喜若狂，我还没有下定决心让玛丽娜的名字冠上我的姓氏。就在她满脑子想着结婚的时候，我决定和她分手。和对之前的那些女友一样，用的还是被我用滥了的老套招式：打电话的时候含糊其词，插科打诨，找理由不见面，等等。玛丽娜理解不了我为什么会这样，因为她的内心根本不想去理解。2 月的一天晚上，两瓶威士忌下肚，我拨通了她的电话，一颗心怦怦乱跳，我终于和她摊牌了。那种感觉很糟糕，我没说废话，也没绕弯子，直接表达了自己的想法，然后果断地在她的抽泣声中挂断了电话。当时看起来真是一派莽夫行径。同时，我也有点儿生她的气：我可不是单身女性保护协会的，凭什么她想和我结婚我就得答应？当然，她又拨了回来。但是我没有接。我那时简直勇气爆棚，在莽夫的路上越走越远，越走越开心。因为我的心情也不好，于是我给本努瓦打了个电话。电话里，他提议我去他家聚聚，说有这一晚上的时间，玛丽娜也能冷静冷静。他叫了比萨，又拿了一些啤酒。几个小时之后，酒精开始发挥作用，“玛丽娜”这个话题被果断地翻篇了，我们开始谈论各自的生活。绕了半天圈子，本努瓦问我：“你觉得烦吗？嗯，我是想说，你的工作……”声音中带着一丝不安。

“凑合吧。”

突然，我意识到了真相。至少那时我认为自己意识到真相了。

“其实……我想说的是，我真的受够了。受够了那些满脑子充满奇遇历险想法，但是出去又怕蚊子咬又没钱，还根本不知道自己想去哪儿的傻瓜……但你不一样，呃……你最起码是个医生……能救死扶伤……”

本努瓦抬抬手，打断了我。

“我也受够了。我跟你说，从第一天开始我就受够了，我一开始就没想当医生。我的数学不错，赚得也不少。从我出生开始，我爸就想让我跟他一样，成为一名医生。你也知道我爸是个什么样的人，看起来温文尔雅、通情达理，本质上却是个老顽固，根本没法儿交流。还有，病人也很烦人。你不知道，保罗，我真是受够了从病人身上赚钱。再者，每次看到那些皮肤病患者，都使我恶心得不行。哪怕你戴着手套，也不会想去接触那些恶心的脓包和病毒的。”

“真的，一点儿也不想碰，哪怕是为了给你帮忙也不行。”

说完，我们开始大笑，两个醉鬼在一起，简直笑疯了。在酒精的作用下，我们的思维变得发散，变得天马行空，话题变成了怎么才能摆脱目前恼人的生活。各种荒诞的念头层出不穷，各种不靠谱的、可笑的想法虽然没有什么实质上的作用，却能让我们放声大笑，高兴得像个孩子。是本努瓦首先想到了医疗旅游的广大前景，于是我们的伟大计划诞生了。

好了，言归正传，继续说我们的旧金山之旅，说我们那些最初的、虚无缥缈的尤达大师。那天早晨，我睡眼惺忪地从市场街的一家酒店的床上爬起来，先冲了个澡，然后下楼吃早餐。那里的咖啡口感很一般，甚至有点儿难以下咽，喝完了胃里直冒酸水。我快受不了了，于是走到吧台，在服务生冷漠的眼神中点了两杯威士忌。没错，当时还不到早上八点，然而对于一名资深的法国酒鬼来说，真没什么可奇怪的。

吧台的服务生蛮大方的，满满两杯威士忌下肚，我紧张的神经稍微得到了一些缓解。然后我去了一家名叫“帕克”的银行，那是一家商业投资银行，也是我这场决定性的商务会面的地点。虽然前一天晚上我已经在机场租了一辆豪车，但是最终我还是选择步行过去，吹吹风，也省着点儿用车，因为在回法国之前，我还想在这边逛逛。

9 月底的这个星期三，真是难熬的一天。我虽然不能说是一名双语人才，但是因为工作，我的英语还算不错，所以我对即将进行的交流，内心还是有一点点自信的。在本努瓦面前，这绝对是一个巨大的优势。因为他的英语水平仅限于“the cat is in the box”（那只猫在盒子里）这种初级水平，而且说的时候还带着浓重的法国腔，真心很难让人明白猫为什么会在盒子里。

其实我45分钟之前就到了，但是，为了显得不那么迫切，我故意迟到了1分钟才进去。会议室里富丽堂皇，考究的壁纸，浅灰色的地毯，果真是一派低调奢华的景象，有内涵。会议室中间，放着一张巨大的、设计新颖的椭圆形会议桌。是一位美女服务员把我带进了这间会议室，当我进来的时候，我的五位谈判对象已经在会议桌前就座了，其中包括一个日本人，好像叫田中什么的吧。因为我的出现，会议室里出现了一阵短暂的沉默。我一直在心里给自己打气：“笨蛋，你不是想飞黄腾达、有所成就吗？机会就在眼前，就是现在！要是你就这么傻站着，那你真是个废物，你也就只能这样了。”于是，虽然内心紧张不已，但我仍装出一副淡定从容、挥洒自如的模样朝着大家点头微笑，算是打招呼。

谈判的过程冗长难熬，对我来说简直像是永远没有尽头。其间我们休息了一会儿，喝了杯咖啡，有人接了几个电话，我们还在会议室里吃了一顿商务简餐。这场谈判对我来说至关重要，所以当时我紧张得不行，后来回想的时候，发现自己根本不记得那天中午吃了些什么。我一直处于一种患得患失的状态中，一会儿觉得自己拿下了这一大笔投资，一会儿又觉得自己会失败，沮丧无比。从那个日本人嘴里根本得不到一个明确的答案，至少在我看来，他没说什么实质性的东西，我只记住了他说的一句话："Mae- muki，kentô shimasu."（我们在这个问题上，态度是十分乐观的。）听到这句话时，西方人会认为一切进展顺利，自己拿下了投资，然而这句话真正的意思是"白日做梦"，当然，用法语讲出来貌似就没有这么精练了，但就是这个意思。悬在你头上的那把断头刀终于落下来了，在你还没有意识到的时候，你已经人头落地、身首异处了。上嘴唇碰下嘴唇，日本人田中这么说，避免了直接拒绝的无礼和尴尬。其实，美国人民也有自己的婉拒方式，比如"我们回头再说""呃，真的吗？”等。在谈判过程中，田中几乎不怎么说话，即使说话也是很简练的，于是，我瞬间明白了他才是谈判的关键人物，我应该说服的人是他。

那场没有尽头的谈判，我现在回想起来依旧是一片模糊。唯一能确定的是，我之前从来不相信肾上腺激素能分泌得那么旺盛，从不相信一个人的心脏能在几个小时的时间里持续跳动得如此快，但是，那次谈判之后，我信了。我可以清晰地感觉到胸腔里那颗因不安而跳动的心脏，那种感觉简直像吸毒了一样。我一遍一遍地阐述自己的理由，变着花样地说，尽量让自己放松，显得淡定从容。我的双手一直老老实实地放在椅子扶手上，我不敢喝咖啡，怕手抖，怕对面的听众察觉到我内心的紧张。

然而，突然，田中微笑着站了起来。窗外，天色已经暗了下来。

“想法不错，想法不错。保罗，我们晚上见。”

说完，他在秘书的陪同下走出了会议室。这名秘书扮演了一天的隐形人，除了吃饭、喝水，整个会议过程都没有开过口。

剩下的四个人都瘫软在椅子上，叹气的叹气，揉脖子的揉脖子。

坐在我右手边的这位叫布莱特，一头红发，身材高大，有着浓重的美国南部口音。谈判过程中，我对他没有一丝好感，但这个时候，他拍了拍我的后背，说道：

“好了，哥们儿，我想我们算是达成一致了。干得漂亮！”

而我还不确定那位田中先生到底是什么人，于是我冒险一问：

“那位田中先生是银行的经理之一吗？”

“不是，他是银行的重要投资人之一。小的就不说了，他名下有一家世界连锁酒店。你负责寻找客源，制定行程，而他有酒店、有资金。我们只是作为他的陪同与会，负责拟定合同。好了，我们各回各家，休息一会儿，晚上我们在索萨利托的鹦鹉视觉餐厅碰面，然后一起用晚餐。”

旧金山真正的夜晚向我敞开了怀抱，湿热的空气将我包围。我拖着疲惫的身躯回到酒店，倒在床上，一口气喝掉了放在吧台上的一小瓶威士忌。今天，我对“筋疲力尽”这个词有了切身的体会，此时的我处于一闭眼就能睡着的状态。我实在是太累了，累到没有力气去欣喜若狂、欢庆胜利。经过非人的努力，我终于战胜了疲惫，抛开时差问题，给本努瓦同志打了个电话。我告诉他我觉得这次的谈判很成功，我们应该能够得到投资。他高兴地大叫，对我表示了高度的赞扬，恭维的话如黄河决堤，一发而不可收。

“行了，你在巴黎躲清闲，现在在电话里把我夸得天花乱坠也没用。兄弟，省省吧。”我笑着说，“我还得为今天的晚宴做准备呢。”

我冲了个澡，然后一边穿衣服，一边小口小口地喝了一小瓶伏特加。身体里有一种陌生的感觉，明明整个人紧绷得像一根弦，却觉得筋疲力尽又欣喜若狂，还有几分脱离现实的虚幻感。

当我把之前租的那辆可爱的小奔驰汽车停进鹦鹉视觉餐厅停车场的时候，我觉得花在这辆汽车上的高昂租金真是花对了。这里停的都是奔驰、宝马、奥迪，还有巡洋舰、路虎之类的汽车，看来低碳出行的环保浪潮还没有在这里强势展开。

用餐大厅很大，低低的交谈声不绝于耳。整个大厅悬在海上，完全靠下面伸进海里的基柱支撑。我到的时候布莱特已经坐在位子上喝苏打水了。尽管他看起来很亲切，尽管他对这次能成功合作表现出了极大的喜悦之情，但他身上有一些让人不得不注意的东西。从他身上，我感觉到一种虚伪的友好，而这种友好，仅仅是为了之后的合作。

要是这次合作没有成功，我在布莱特眼中下一秒就能变成路人甲。不过，从另一方面来说，我也没有跟他建立亘古不变的友谊，也许我应该变得成熟一些，应该进入成人的圈子，熟悉成人的游戏规则。但是，我习惯了“受欢迎”的模式，简单来说，在情感上，除了我自己和本努瓦之外，我很难对这种不喜欢我的人产生兴趣。那个时候，从表面上看，我跟其他人没什么不一样，甚至看起来精明干练，但实际上，我钻了牛角尖，觉得自己不会爱人，却奢望被爱，或者至少被欣赏。

毫无疑问，表面上看，我对布莱特也绝对算得上热情友好，相谈甚欢。他跟我聊他的妻子，聊他的儿子，聊他将要出生的第二个宝宝。在职场上，美国人民总喜欢聊聊他们的家庭生活，觉得这样能让谈话的氛围变得轻松愉悦，还能显得自己可信又可靠。但是我真的快要受不了了，再这样下去我就要爆发了。这些莫名其妙、多愁善感的琐事，这一晚上的曲意逢迎，我真的受够了。自己一边小口小口地喝着威士忌，一边焦急地等待着其他人的出现。我那时大脑突然放空，那是一种舒服的、令人感到愉悦的放空状态，胸腔中的浊气似乎也一扫而空。我马上振作起来，不停地给自己打气：“别让煮熟的鸭子飞了，伙计，现在可不是放松的时候。打起精神来应付今晚这场仗，否则你就完啦。”终于，田中先生在三名银行职员的簇拥下出现了。布莱特起身，向田中低头致意，我也连忙站起来，照着布莱特的样子向田中致意。

很快，我放松了下来。这一行人没打算再听一遍我的阐述——说明——说服，我们来这儿是单纯地想吃一顿庆功宴，再就合作问题谈谈心、交交底，虚虚实实，加深对对方的了解。那天的晚宴很成功。布莱特貌似很了解日本礼仪，于是我们都学着他点了和田中先生一样的餐点。幸运的是，田中先生的品位不错。第一道菜光看盛放的餐具就很考究：漂亮的凹形瓷盘里装满碎冰，晶莹剔透的碎冰上放着一个精致的小碗，碗里是欧洲鳇鱼鱼子酱。接下来的一道菜是烤龙虾，马克先生即我的医疗旅游项目的投资人之一，还特意点了一点儿化开的格鲁耶尔干酪[①]来配着吃。田中先生茫然地看了我一眼，

① 原文为 Gruyère，瑞士格鲁耶尔产的一种干酪。

我不由得笑了。他赞同地朝我眨眨眼，算是回应。我赢得了加分。这全都是我的姨妈卡特琳娜的功劳。卡特琳娜姨妈和她那对礼仪,尤其是餐桌礼仪的敏锐的洞察力，让我受益匪浅。只有我和田中先生两个人没有一手拿着叉子，另一只手直接去剥龙虾壳儿。别这样，别这样。咱还是用刀叉吧，好吗？别直接用手。田中先生吃得非常优雅。一个能用筷子给龙虾剥壳儿的人真的是非常神奇！我们天南海北地聊，聊海上的石油矿井，聊房地产市场的前景，聊各个国家的医疗消费水平，甚至聊到了日本贵得离谱的婚庆花销。

我有点儿喝多了，疲惫的感觉越发清晰，肾上腺激素水平随着血液里酒精含量的上升逐渐下降，胆子逐渐大了起来，话也变得多了。脑子里有一个声音在不停地对我说："注意你的处境，言多必失，沉默是金。别再喝酒了，你已经喝得不少了，再喝就误事儿了。向人家田中先生学习一下，人家才是大老板，举足轻重。"插一句细节补充，田中先生目测身高有一米六五，体重差不多在六十公斤。

心理学研究表明，在一个男性群体中，各个个体能通过其他个体对待群体中他人的微妙态度准确地识别出谁是大 boss。当然，这些大 boss 都不会主动承认或者向你明确地说明自己的掌舵地位。在狼群中，除了头狼之外的其他狼都是垂着尾巴、低着头的。在职场中，职员们总会对领导的话语和行为表示赞同，并且模仿后者的态度和行为方式，借此来博得领导的注意。那天晚上，我的行为和布莱特以及其他几位银行家如出一辙，这给了布莱特一个完美的回敬：他觉得我当晚的表现糟糕极了，就像是狼群里地位最低的那只狼，完全被牵着鼻子走。我笑着反驳了他，是的，为了能拿到田中先生的大笔投资，我在他面前简直可以称得上“奴颜婢膝”，但是，我为自己这样的“厚颜无耻”感到骄傲。然而，过后我意识到，自己当时是在自欺欺人。

成为大 boss 的要素是什么（当然，这里说的大 boss 也包括女性，因为有些团队的领导是女性）？是绝对的实力。头号领导要足够强大、足够勇敢，要有能力保护自己的群体。也许头狼不曾意识到，但成为 No.1 的要素仅此而已。不似人类社会中愚蠢的统治，而是防患于未然。再者，在群体受到威胁时，头狼会第一个站出来。然后，有一天，头狼老了，这时，狼群里会有另外一只狼站出来，抬起头，把老迈的头领彻底打败，证明自己才是最强的那个。战斗只是族群存续中一场必不可少的示威，或者说实力展示，不是复仇，更没有其他复杂的考量。通过战斗会有新的头狼守护着狼群。很显然，当时，在谈判中，在晚宴上，我的脑子里已经形成了一个既定的概念：田中先生是绝对的大 boss，因为他有实力，因为他够富有。我从来没想过这个概念可以被颠覆。

事实上，在这一系列令人难忘又难熬的会面中，我应该逐渐意识到田中先生从社会层面来讲很强大，因为他才智不俗，才能取得如此显著的成就。但仅此而已，种种迹象表明，他在其他方面确实“乏善可陈”。

在鹦鹉视觉餐厅举行的晚宴持续时间不短，最后以一杯品质不俗的科涅克白兰地收场。在停车场分别的时候，我们像是世界上最好的朋友那样依依不舍。我真的喝了不少，感觉筋疲力尽，累到极点，但是没有一点儿想睡的感觉。

其中有一位银行家，叫马克的那位，他落后几步，神色踌躇。在其他车都陆续离开之后，他笑着和我攀谈，当然，他要比我清醒得多。

“晚宴就这样结束了有点儿傻，是吧？当然，在这种场合，我们不能真正放松下来，我们时时都要保持警惕。我知道有一个新开的酒吧还不错，叫伊达尔戈。我们去喝一杯，放松放松？”

我应该拒绝的，但是我没有那么做。

谨慎起见，我没有自己开车，而是上了马克的车。因为马克告诉我，根据加利福尼亚的法律，醉酒驾驶将面临很严重的处罚，他说会把我送到酒吧停车场，之后把我直接送回酒店。

坐到驾驶位置上之后，马克很快放松下来。车里氛围不错，他热情友好，音乐也不错，虽然我被酒精折腾得有点儿头昏脑涨，但我还是明白了马克话里的意思。伊达尔戈酒吧就是一个艳遇之地，那儿都是一些美女，她们不是妓女，但偶尔也接客赚点儿小钱。马克一边打开车内的储物箱，一边笑着向我建议：

“用不用安全套？要草莓味儿的还是巧克力味儿的？这可比单纯的橡胶味儿好多了。”

虽然青春期的时候有过那么两三次蠢蠢欲动，但我着实没经历过这样的情况，居然被拉着去找美女了。这是世界上最古老的职业，嫖客们花钱享受服务，只要别羞辱也别虐待提供服务的姑娘就好。事实上，睡完姑娘要付钱，这才是让我不能接受的地方。我觉得自己还是很有个人魅力和吸引力的，找个两情相悦的姑娘还是易如反掌的。

唯一让我担心的就是自己确实醉了，但是我不确定自己醉到了什么程度。

实际上，伊达尔戈酒吧是个不错的去处，尽管音乐太吵，尽管里面挤满了一张张年轻的面孔，但显然，年龄并不妨碍我们的加入。在里面，说话基本上是靠吼的，鼻腔里充斥着混合了香水和汗液的销魂味道，再加上我之前喝了不少酒，于是胃里开始翻江倒海，整个人躁动不安。几年前，加利福尼亚的酒吧和夜店就开始实行禁烟令。我并不吸烟，但是看着一支又一支的哈瓦那小雪茄，我认识到了烟草的一个好处：它能减轻封闭空间内躁动人群的体味。头有点儿晕，我再次觉得自己应该回酒店了，但是我的车还停在鹦鹉视觉餐厅的停车场。我们一杯接一杯地喝着，马克似乎打定主意要好好庆祝一下这单生意的达成。不知道什么时候，我突然有点儿喝断片儿了，我不记得自己是怎样被马克和两个不停笑闹的姑娘拽到车上的。这次的目的地是鹦鹉视觉餐厅停车场，因为我的小奔驰还停在那儿。但是毫无疑问，这一路上我都昏昏沉沉的，我隐约记得马克向我建议道：

“兄弟，我觉得你醉了，你最好别急着回去。酒店关门了，周围一个人也没有。后座的女生不错，很酷。

她会让你想起自己曾经的那段年少轻狂的时光。我们明天电话联系。”

他停车把我放下了，然后带着另外一个姑娘走了。我在自己的车上弄了半天，才把腰带解开，裤子拉链拉开，当然，整个过程中，玛丽萨，就是留下来的那个女生，为我提供了一定的帮助。和我预想的一样，事实证明，马克帮我选的这个地方除了让我更头晕以外没有别的作用。玛丽萨很漂亮，身材娇小，善解人意，一系列前戏之后，她选了巧克力味道的套套。要动真格的了，我渐入佳境。突然，一道强光照过来，我眯着眼看过去，试图看清是什么。玛丽萨突然惊恐地尖叫出声，迅速地起身，因为速度太快，头磕到了车顶，但是她依然没有放慢动作，“行云流水”一般地朝光源相反方向的车门蹿了过去，然后跳下了车，瞬间便不见了踪影。

我觉得自己的人生中从来没有像此刻这般……愚蠢。我半躺在座椅上，裤子褪到了脚踝，更多不堪的细节按下不提，旁边还有两个像冰柱似的高大的警察在“虎视眈眈”，他们甚至没有要追玛丽萨的意思。随后我意识到，在这种情况下，一般受罚的都是嫖客。这时，我竟然说：“我有权请律师，并在律师到来之前保持沉默。”感觉有点儿像是在演电视剧。看到我还没有彻底清醒，其中一名警察对他的同伴说：

“好，坚持要请律师。这男的好像没明白我们的意思。”

他们知道我醉得站不起来，于是把我举起来，抬到了一辆警车的后座上。第一站，警察局；第二站，单人牢房。在那儿，我等着最后的那一步：庭审，因为我“酒后在公共场合有下流行径”。毫无疑问，我有打电话求助的权利，但是，能打给谁呢？布莱特和马克显然都不是合适的人选，田中先生就更别提了，我可不想让他知道我的“下流行径”。

我被带去庭审的时候应该是早晨八点钟左右，庭审的地点就在警察局旁边，很近。整个庭审大厅里挤满了人，都是些作奸犯科之辈，当然，都是些小偷小摸之类的，没什么重刑犯。还有就是我这样的，再有就是那种一看就应该送精神病院看急诊，而不是留在这儿等庭审的人。我永远都忘不了当时庭审大厅里那种“堕落的人”的气味，因为没有空调，那种气味越发浓郁。那种销魂的气味混合着污垢的气味、汗液的气味、失败的气味以及害怕的气味，气味的来源是五十多个男人和几个女人。

我终于酒醒了，头疼得不行，手上还戴着手铐。我的辩护律师来了，他看起来太年轻了，好像乳臭未干，得一边看书一边说辩护词，他的声音里透着疲惫，显得有气无力，总之，从这人身上看不到一点儿智慧的影子。我感觉不妙，大大的不妙。法官是一个五十多岁的非洲裔美国女人，给人的感觉一点儿也不随和。看到她之后，我的心理阴影面积又增大了不少，因为像我犯的这种钱色交易的案子，男人比较容易理解。但是，同样的问题，想在一位女士那儿得到理解，太难了。

法官女士手里那把威武的槌子平均每五分钟敲响一次，每次槌子落下，都代表一个案子的结束。到我了，我的律师果真没有辜负我对他的“评价”，连篇累牍的废话，思路混乱不堪。他居然说，作为一个法国人，我不了解加利福尼亚的法律，没有意识到自己的行为有多么失当。斯格瑞芬，也就是那位法官女士，冷冷地瞥了他一眼，我的律师当场“石化”了。瘦高，短发，小圆片儿眼镜，瘦削的脸颊，斯格瑞芬女士似乎和美丽毫不沾边儿，但是她身上有一种特殊的气质，是可靠，除此之外我想不到别的词。只见这位女法官继续对已经“石化”了的律师开火，语气中满是讽刺：

“啊，是吗？也就是说，在法国，在公共场合、在众目睽睽之下，嫖妓什么的完全没问题，完全合法？”

我必须得做点儿什么了，需要赶快自救。于是我态度恭敬地向斯格瑞芬法官请求发言。她紧抿着唇，面色冷冷的，似乎并不期待我会说些什么。不过，饶是如此，她还是准许了我的请求。我的律师此时还在试图把法官的注意力拉到自己身上，我粗暴地打断了他：

“住口！”

接着，我开始为自己辩解：

“尊敬的法官，当时我实在是醉得厉害……”

“所以呢？这是理由吗？是别人不分青红皂白非强迫你喝酒吗？”

“不是，没人强迫我，尊敬的法官。”

“所以？”

“我得向您解释一下。我昨天要签一个非常重要的合同，对我来说甚至可以用‘生死攸关’来形容。我欠了大笔的债务，如果签不了这个合同，我就完了。而且，我还把我最好的朋友拉到这个项目中来了。”

“所以，你就在一家餐厅的停车场花钱和一个姑娘在一起？我找不到这两者之间有什么关联。”

“不是的，我几乎两个晚上没睡了……我喝多了，是有人……我太紧张了，这个项目对我来说真的是至关重要。”我重申道，“我得给我的投资者们留下一个好印象，我得去争取他们的认同，说服他们投资。”

听了这么多，法官女士第一次给了我一个正眼，这对我来说简直是一针强心剂。我知道，自己的悲情路线见效了，成功地塑造了一个悲情男人的形象。

“听我说……我从来没有做过任何触犯法律的举动……当然，除了违章停车……好吧，违章停车是一个很大的错误……对不起，我真的……”

法官女士表情严肃地看了我一会儿，想了想，叹了口气，说道：

“保罗·拉马尔什先生，是这样的，恐惧并不是一个好的行为引导者，把自己想得幸福一点儿。如果当时和你在一起的姑娘也被捕，把事情说开了，你就得进监狱了……至少得进监狱。”说到这儿，她停了下来，想了想，又说，“八天的公益劳动，每天劳动之后，由加利福尼亚政府提供食宿。”

说完，她拿起手中的槌子敲了下去。

但是我并没有恐惧，只是有些适度的紧张，仅此而已。

“下一个。”

我还想抗议，但是我那个胆小的律师拉住了我的袖子，低声向我抱怨：

“这已经是不错的结果了，最起码在她看来绝对是宽大处理了，别再冒险了。”

几个小时之后，我身着一条三角内裤出现在当地一所监狱的搜查大厅里，这所监狱就在法庭旁边。两个狱警让我签了财产保管清单，虽然我的私人物品少得可怜。然后，其中一名狱警又给我发了一套监狱的囚服。在疲惫和酒精后劲儿的双重作用下，我并没有充分意识到自己的处境：我，保罗·拉马尔什，遵纪守法的法国好公民，虽然没做出什么值得骄傲的惊天动地的大事，但也绝对没有什么让人指责的地方，但是现在，我马上要进监狱了。我被推到一个走廊上，走廊两侧都是牢房，牢房里的囚犯们在我经过的时候对我报以热烈的掌声，喝倒彩的、侮辱谩骂的，各种非文明用语不绝于耳。然而此时，我依然没有清楚地意识到自己的处境。直到被狱警推进一间牢房，我仍然处于懵懂之中。狱警大笑着对我说：

“你好像挺喜欢这种非文明用语。别客气，就像在自己家一样。”

这间囚室十分窄小，一开始我以为里面没人，直到一个大块头从上铺坐了起来。那是一个三十出头的黑人，差不多有两米高，身上都是肌肉，看起来有三百斤。他坐到床边，两条粗壮的腿悬空，就那么看着我，面无表情，沉默无言。他的头发微长，还有些小卷儿，似乎有印第安人血统。再加上高高的颧骨和细长的眉眼，看起来更像印第安人了。

怎么形容当时的感觉呢？我感到一种压力，一种酒醒后的感觉，一种要感冒的征兆。事实上，我怕得要死。我那个蹩脚的律师告诉我，监狱这种地方，关的这些囚犯都没犯什么大事儿，但确实是一群一肚子坏水的罪犯。临走之前，他跟我说：

“把嘴闭上，沉默是金。你就在这儿待八天。打你没什么意义，更别说杀你了。这里边儿有些人脑子不清楚，毫无理智可言，还有一些根本就是杀人犯，你多看他两眼他就能过来把你杀了。千万别看他们的眼睛，还有，更不要和他们发生争执。”

他说这些的时候，神色十分认真。

我不敢和床上的这种狠角色对视，表面上装得十分平静，看起来波澜不惊，实际上那些恐怖的画面早就在我脑子里开启了循环播放模式，被暴打、被捉弄、被诬陷等，尤其是电视里那些有法国面孔出现的镜头，简直让人不寒而栗。

我操着浓重的法国口音开口了，想表明自己是外来人，跟他没有什么恩怨，对他没有什么威胁。我记着那个蹩脚律师的话，另外，在狼群中，普通的狼从来不会去直视头狼的眼睛，那种行为本身就是一种挑衅，于是，我低垂着双眼，说道：

“呃，我是法国人，来自巴黎。我和一个姑娘，好吧，一个妓女，在汽车后座上，然后……最后，我被抓了，被判八天的公益劳动。我叫保罗。如果你将来去巴黎，我很乐意带你好好参观一下法国的首都，那真是座漂亮的城市……”

眼前的人还是这么一动不动地盯着我，就像我刚才在说废话。然后，他像一头搁浅的鲸鱼，就那样坐在床垫上，然后转了个身，留给我一个背影。

我当时感觉真是拿热脸贴人家的冷屁股。这个可恶的人！这个……好吧，必须承认，我只是在心里说说。耳边又响起斯格瑞芬法官的话："恐惧并不是一个好的行为引导者。"

我认为她是站着说话不腰疼。舒舒服服地坐在法官办公桌后面，举着决定别人命运的小槌子，有权有势，这么动动嘴皮子当然是最简单不过了。

我在下面的床铺上坐下，心里慌极了。囚室角落里有一个小洗手池，旁边是一个不锈钢马桶，但是我不敢过去解决生理问题。我渴得要死，心里又非常害怕，一个劲儿地出汗，我就这么等着，担惊受怕。上铺的肌肉男终于躺下了，我轻轻地松了口气。一个小时之后，实在坚持不住了，我悄悄地起身，尽可能地不发出一点儿声响，心里不停地祈祷着我的这位狱友已经睡着了。

我用舌头舔了舔干裂的嘴唇，不断地自我安慰着。这时，一个低沉的声音突然响起，我吓得一下子跳到了墙角。那位大山般伟岸的先生从上铺跳了下来。

我是无神论者，但是此时，我把各路神拜了个遍，求保佑，危急时刻，不得不为啊。

屁股上挨了一下，我差点儿摔倒，裤子都顾不上提。

“别动我的卫生用品！你没有牙膏、牙刷，就用香皂和手。你要是有钱的话，就拜托狱警从商店里给你买点儿，但是，你别动我的东西！”

“好的，我肯定不动你的东西。”

我机械地应答着，都没过脑子。他迅速地爬到了自己的铺位上，然后翻开一本书，我甚至不敢抬头看书名是什么。我终于解决了生理需求，又就着水池上的水管喝了不少水。

第二天，早晨五点钟左右，一阵尖锐的金属声把我从睡梦中惊醒。但是之前，我一直以为身边有一个这么恐怖、这么有威胁性的狱友，我肯定睡不着。狱警给我们送了点儿吃的，乐观一点儿看，勉强算是一顿早餐。我的狱友什么也没说，狼吞虎咽地把自己餐盘里的食物吃光了。然后，七点钟左右，在“大山”先生全然冷漠的目光中，我被一名狱警带走了。

拿了一根小木棍、一个巨大的橘色垃圾袋，我就被指派去公园和商业广场捡垃圾。在这些地方扔垃圾的人真是浑蛋。晚上七点钟，我终于结束了一天的公益劳动，回到了囚室，又见到了我那个似乎患了缄默症的狱友。当然，我知道自己不应该跟他有一丁点儿的接触，但是，除了那天跟我说的那几句，他已经好几天没说话了。他读书，睡觉，连着做百十个俯卧撑，洗澡，睡觉。有人悄悄跟我说过，他被抓进来之前是个运动员，但他的行为举止看起来就像个傻子。然而，我的焦虑和不安并没有因此而得到丝毫的改善。

来这儿的第一个晚上，我实在是累极了，算是睡了个好觉。之后就再也没有那种福气了，睡眠质量简直糟透了。上铺的“大山”先生鼾声如雷，翻身等同地震，于是下铺的我悲惨地被惊醒N次。在食堂，我也尽可能地扮演透明状，大口大口地吃着各种馊粥烂饭，这时候突然有什么东西快速地拍了我一下。扎克（“大山”先生的小名）从来不和别人讲话，他也不会给人脸色看，当然，也并不和蔼可亲，并且他也不斗狠，这样的表现在这个地方显得有些不同寻常。在加利福尼亚的监狱里，为了当老大，大家肢体上的冲突从来没有断过，愤怒这种情绪不可避免，几乎每天早晨，都会有一张面孔是鼻青脸肿的……不那么美好的小意外。当你还是一个“公民”的时候，有人打你你可以去告他，但是在监狱里，遇见这种情况，你最好声称是自己不小心滑倒了。扎克每天的生活很规律，坐下，吃饭，洗澡，然后回到自己的囚室。其他人，甚至那些平日里经常敲诈弱势群体的小头目，想抗议点儿什么的时候也是另外一副嘴脸，头目会亲切地和扎克打招呼：“扎克，这太过了吧？”“兄弟，还好吗？”或者是在洗澡的时候对他说：“你先来吧，我不急。”狱警们对他也是和颜悦色的。对以上这些示好的表现，扎克从来都是点点头，表示回答，嘴角连些微的上翘也没有，真的是不动声色啊。

短暂的适应期之后，我确定自己未来的几天都会生活在这样一种特殊的平静之中。因为我的室友是扎克，虽然我也怕他，但是我要黏着他，寸步不离，食堂也好，浴室也好，图书馆也罢，总之，他去哪儿我去哪儿，一定要保持寸步不离。

开始的两天平静无波。我每天捡捡易拉罐、汉堡包装纸，或者是用过的避孕套什么的，不算累活儿，也不需要时时刻刻精神高度集中。所以,我一边干活儿，一边想我的全球医疗旅游方案，考虑需要面对的问题和这些问题的解决办法。我那四个银行界的朋友应该会很奇怪，我怎么没跟他们再联系就匆匆忙忙地回法国了。我决定出去之后，一定得想一个说得过去的理由来解释这几天的突然失踪。当然，每当我回到囚室之后，隐藏在心底的恐惧和不安就会立刻涌现出来，将我淹没。显然，扎克没有一点儿交谈的欲望，而我也只好继续扮演透明状。

第三天一早，我的工作内容更新了，我被派去给街上需要帮助的行人和游客提供帮助。一定是因为我前两天的工作完成得很出色，看来我在捡垃圾方面果真有一种非凡的天赋。领一群小屁孩儿过马路这种工作大大减轻了后背的负担，其余的工作就很无聊了，非常无聊。给老人或者残疾人送“慈善餐”，帮他们做点儿家务，帮他们洗澡，扶着他们走几步路。当然，我做的这一切都在监控中。每天晚上，会有一名社工过来检查该做的工作是不是都做好了。这些工作真是要多没劲有多没劲，没有最无聊，只有更无聊。另外，接下来的时间一点儿也不轻松，我得照顾两个残疾的老人，其中一个是天天吃甜食、大骂医生，还对我颐指气使的糖尿病患者。更糟糕的是，我还得照顾一个发育迟缓，跟着单身母亲一起生活的孩子，还有黛丝夫人，一个癌症晚期患者。因为负担不起医疗费，黛丝夫人的女儿把她接到了家里。

我讨厌去黛丝夫人家,她简直就像一个只会呼吸的干尸，浑身插满管子，没有一点儿活力，整个人都散发着一股死亡的气息。吃过镇痛药之后，她的思维常常游走在另一个世界，那是个中心地带，既不是我们的世界，也不是天堂。我再重申一遍，我是个无神论者。她女儿来的时候，我更烦恼。因为她会脸色惨白地站在黛丝夫人的床边，强忍住眼泪，一遍一遍地低声重复着：

“妈妈，亲爱的妈妈，你能听见我说话吗？我爱你，妈妈。你还在我身边，但是我还是如此想你。”

然后她转过身来，用依旧颤抖的声音对我说：

“我母亲是一位出色的女士，不是因为她是我的母亲才这么说。她是一个杰出的人，这样的人少之又少，她的离开会让人痛彻心扉。”

第七天的晚上，也就是我出狱前的那个夜晚，我执行了自己的最后一个任务：去黛丝夫人家帮她换洗床上用品，并且帮助她洗漱。当我进入那个充斥着痛苦和死亡气息的小房间时，我惊呆了。黛丝夫人坐在床上，瘦弱不堪，用“皮包骨”来形容她一点儿也不为过。她身上各种输液的管子都被拔了下来，散落在地上。我来了她家这么多次，她第一次如此清醒。

“孩子，这个世界上没什么可怕的，请转告我的女儿我爱她胜过一切。”她的声音里有一种令人吃惊的冷静和坚定。她向我伸出双臂，一双骨瘦如柴、布满瘀青和针孔的手臂，然后，笑着对我说：“请抱抱我，好吗？我要走了，没什么可怕的。”

有那么一刹那，我特别想夺门而出，逃离这一切，因为从来没有人在我眼前离开这个世界。像很多人一样，我对死亡有一种本能的恐惧。再者，我不知道……冥冥之中，似乎有一只大手在我的后背推了一下，力道强劲，却又出奇地温和。我坐在床边，把黛丝夫人抱在胸前，动作轻柔，生怕弄疼了她，她把头靠在我的肩上。我和她说了好多话，用法语说的。但是之后我想不起来自己当时都对她说了些什么，这些无关紧要。她长长地叹了一口气，然后在我怀里瘫了下去。

她死了，终于远离了那些痛苦。我把她平放在床上，我不知道自己还能做点儿什么。把她的双手交叉起来，做祈祷状？我不清楚她是不是基督教徒。我木然地待在她身边，就那么坐在那儿。

她女儿终于来了，我跟她说了黛丝夫人临终前的情形，并且把黛丝夫人的话转达给了她。我觉得她一定会失声痛哭，悲伤得不能自已，然而实际上，她并没有这样。晶莹的泪珠一颗接一颗地滚出她的眼眶，但是，她在笑。她一边对我表示感谢，一边把我送到了门口，她甚至给了我一个拥抱，然后用平静的语气对我说：

“保罗，我们爱的人永远不会离开，你不知道吗？”

当天负责监控我的狱警把我带回了监狱。我在食堂吃了晚饭，然后跟着扎克回了囚室。他还是老样子，除了之前关于别动他洗漱用品的那些话，跟我再没有别的可说的。我现在基本上不怕他了，因为这几天他没有表现出一点儿想要欺负我的意思。他刷牙的时候，我就坐在自己的床上。我不知道自己怎么了，居然在流泪。在我的印象里，从我母亲去世之后，自己就再没有流过泪了。

一只大手以一种出人意料的轻柔姿态抚上了我的肩膀，扎克蹲在了我的身边。

“说吧，怎么了？”

一时间，各种回忆的碎片在我眼前重现。母亲的离世，卡特琳娜姨妈的离开，黛丝夫人，那个跟我在一起的年轻小姐，法国那份令人厌烦的工作，那些银行家，这次的项目，田中先生……我说了好久，扎克就那么默默地听着，从不打断我。我不敢抬头，不敢触碰他的视线。突然，他站了起来，然后笑着说：

“还有，之前这几天你一直怕我，我在上铺都能感受到你内心的害怕。那位上了年纪的女士，也就是黛丝夫人，她说得对，小子，你不应该害怕，恐惧在你心中。这种恐惧是你自己幻想出来的。我不是说在丛林里面对一头狂躁的猛兽的时候，或者在城市里面对未知事物的时候不心存畏惧。真正的恐惧是良师益友，它能使你意识到危险并且迅速地规避它。但是真正的恐惧少之又少，而那些因为自己出于某些愚蠢原因幻想出来的虚幻的恐惧，会把你带向毁灭。有的人活着，他已经死了，因为他被自己脑子里的恐惧完全吓住了。这种恐惧会让你的行为丧失分寸，促使你做出一连串的蠢事，或是让你只去关注细枝末节，而非真正重要的东西。再者，这种恐惧会让你成为别人嘲笑的对象。一个心存恐惧的男人，当然，心存恐惧的女人也是如此，内心的恐惧无处不在，这些恐惧会让他们心中产生扭曲的欲望，这些欲望会不断地侵蚀他们。你会完全被这些扭曲的欲望控制，它们牢牢地占据着你的心神。我每天都会看到这样的事情……我是一名牧师，是旧金山田德隆区的一名牧师。”

他是牧师？我的天哪，这比告诉我他是一名穿超短裙的芭蕾舞演员更让人震惊。犹豫了一会儿，我问道：

“那你为什么会在这儿呢？”

“说起来平淡无奇，没什么意思。”

扎克·拉蒙牧师，

尤达大师扎克

我们一直聊到天亮。我完全沉浸在这场交谈之中，脑子里如“翻江倒海”。唯一让我感到遗憾的是手边没有一杯可口的咖啡。

我比较倾向于一吐为快，但这不是我喜欢这场对话的原因，而是因为这是第一次，我对他人生活的兴趣超过了对自己的。有时候，大家会对你倾诉自己的故事，你会想：哦，他承受得太多了。更多的时候，我们会对某些人共有的恐惧产生一种本能的排斥。比如有些父母居然会虐待自己的孩子，折磨他们，侵犯他们，甚至把他们卖掉，简直难以理解。这些不幸同时会降临在一些妇女身上，而施暴者则是她们的丈夫。然而，我们几乎每天都能在报纸上看到类似的事情。

他的声音很平静，没有一点儿起伏，虽然时间不是很充裕，但是扎克牧师的表述清晰而有条理，听起来令人信服。另外，他不太喜欢提起自己的过去，我问了他N个问题，好让他能跟我说说知心话，暴露点儿自己的生活。但是他想谈的话题是对他来说更有意义的东西：他的工作和他的现在，还有他身边的那些人。从他的话里，我渐渐明白了“他身边的那些人”是谁——那些不想彻底迷失、彻底堕落的，紧紧围绕着他、依靠着他的人，而扎克牧师正是他们的最后一根稻草。但是，我渴望了解扎克的一切。毫无疑问，凭直觉，我意识到中间的这个过程比结果重要得多。遗憾的是，那时我还远远没有意识到扎克是我旅程的开端，是我的第一个导师，是第一个在生命的旅程中给我指引方向的人。

小扎克在街上流浪的时候被圣地亚哥的一个未成年人劳工队接收了，那一年他才七岁。两年前，扎克的母亲在又一次受到丈夫的殴打之后不幸从窗户坠落。扎克声称不记得自己的姓氏和家庭住址，其实他一点儿也不想回到那个家。他的父亲酗酒成性，生活放荡，还是一个不折不扣的暴力狂，看扎克不顺眼的时候就对他拳打脚踢。对于扎克的失踪，他一点儿也没有在意。后来，扎克再也没有回去过，他也不知道自己的这位所谓的父亲是否还在世。

扎克·拉蒙辗转被几个家庭收养。那时的扎克已经长成了一座“小山”，爱打架，爱说谎，习惯了小偷小摸，没受过什么教育，种种的一切对他来说都糟糕极了。直到有一天，他来到了一位六十多岁的孀居老妇人家里。这位老妇人是一位虔诚的天主教徒，她不想听眼前这个健壮的少年嘴里的谎话。

“一开始，我并不喜欢她，一点儿也不喜欢。我在她家待了几天之后，我把这个想法告诉了她。兄弟，她居然打了我一个耳光，具体情况我记不清了。我又不能打回去，因为她是一个女人，同时还是个老人。然后，渐渐地，我明白了，尤其是她儿子回来过圣诞的时候。她收养一个我这样的孩子不是为了多拿点儿退休金，也不是因为她特别喜欢孩子，而是因为……因为她想传承一些东西，除了传承给自己的儿子贝尔纳之外，还想把这些东西传承给其他人。贝尔纳是一个非常优秀的年轻人，我想不明白这位老妇人为什么要这么做，但是我突然意识到，如果我没有抓住这次机会的话，我就完了。”

“然后呢？”

“我并不是特别健谈的人。但是一天早晨，我想那时候我应该是十三岁吧，苏珊阿姨（领养扎克的那位老妇人）对我说：‘我的孩子，你这样一个小顽童，有什么可怕的呢？’简直脑子有问题，我赶紧从她身边走开。我会害怕？我自己能对付一个二十岁的壮汉。还有，也没人愿意冒这个险和我交手。然后，我不再发呆，开始观察自己周围的环境。我注意到我们这座小城里的所有人都非常尊重苏珊阿姨。即便是那些被她粗暴对待的小鬼，也不例外。还有，她并不富有，也没有受过太多的教育，而且，她身材矮小瘦弱。但是，她身上有一种东西。当她说‘不’的时候，那就是一种坚决的否定，没有任何回旋的余地。你可以尖声吵嚷，可以威胁她，但是,她的答案绝不会因此而改变,还是‘不’。这个‘不’，平静，审慎，又带着绝对的权威。我终于明白，在她面前，我才是那个弱者。这个认知让我呆若木鸡。”

我没有意识到自己当时问了他什么，话便脱口而出了：

“因为你害怕了？”

他笑了，同时垂下了目光。他的心绪平复了下来，我能感觉得到。

“哦，我害怕一切，我终于承认了这一点。从别人那儿拿走一个面包，或者是给别人一个，我都没有害怕，但是，如果我无偿地分发面包，那一定是出于内心的恐惧。而这样的行为本身，也恰恰说明我是在掩饰内心的恐惧。但是我明白苏珊阿姨无所畏惧。她把这种强大和勇敢传承给了她的儿子贝尔纳。正是因为这个原因，那时候，我觉得他简直就像一个外星人。”

“你总能碰到他吗？我是说贝尔纳。”

“我是真想常常见到他。他是我的兄弟，甚至比有些亲兄弟还亲。也许你不相信，但我们确实有着同样的灵魂，尤其是在苏珊阿姨去世之后。”

对神学，我没什么兴趣，也不想和扎克说这个，还是他的生活经历比较吸引人。也许是因为我潜意识里觉得我们的际遇相似吧。

“然后呢？然后你做了什么？”

“接下来的几周，我一直在想这些。最后，我决定自欺欺人。你也看到了，我什么都不是，就是一个小混混，成为老大也就可以了，成了老大才能安静地享受生活，还是这么想比较简单。然而，我已经是我们那片儿的老大了，而我并没有获得想象中的安静生活。然而，战争的始作俑者却是我自己。我自己不断地制造事端，不断地把自己逼入糟糕的境地。为了摆脱这种困境，为了保护自己，为了……我就变成了这样。我不信任任何人，我厌烦他们，因为总有一天，他们会背叛我，让我失望，让我难过。”

“这肯定是你父亲的原因。”我已经陷入了精神分析模式。

“也许吧，那又怎么样？因为我是傻瓜的儿子，我就会毁掉自己的生活和身边人的生活吗？显然，十三岁的我不是这么想的。再说，不是我把自己搞成那样子的，是苏珊阿姨那些话把我逼的。”

“她直言不讳。”我笑着说。

“对，她从来都是这样。一天晚上，她在门廊下抽烟，我站到她面前，像一只顽固的小公鸡。我问她：‘你会抛弃我吗？’她回答说：‘不会。你是自己要抛弃自己。’‘我不明白你的意思。’我回答。‘扎克，你怕自己拖垮我的生活，怕我的生活垮了之后，我不得不把你送回福利院。之后，你就没什么可怕的了，因为是你造就了这种局面。你可以认为自己是对的，但是，孩子，后面还会有接踵而来的可怕的事儿。一件接一件，你的一生都会是这样。’听了她的话，我几乎要崩溃了，我不想承认她说的这一切。我大吼，表情狰狞：‘因为你从来不会害怕，是吧？’‘不会。我为什么要害怕？我没有理由害怕，因为我知道，如果有一天有什么事情降临到我头上，我能坦然地去面对它。脑子里一旦有了恐惧，扎克，它就会伴随你一生。你不能顶天立地地大步向前，你只能趴在地上，一步一步地往前爬，像一只卑微的小虫子。作为一个人，绝对不能懦弱地去爬，即使自己已经跌入尘埃，也绝对不能。卑微地爬，会让自己成为一个悲剧，而一个悲剧人物，通常会给他人带来不幸，这是最不可取的。’”

“真打击人。”我低声说。

“还好吧。坦白说，如果她当时把我当成一个小孩子来对待，我就不会表现得那么谦卑，首先，因为是那样的话我就会唾弃她了。但是那时，我感觉自己像是被她用一根棒球杆敲晕了。你知道为什么吗？”

“因为她是对的？”

“天哪。我为此在自己的房间哭了整整一夜。”

“然后呢？”

“第二天，放学之后，我回到家，冲进了厨房。她正在做饭，看到我进来了，她把手在围裙上擦了擦，然后就那么看着我，一言不发。我跟你说，当时我真的感到很羞愧。我问她：‘我应该做些什么？’‘做你自己，孩子，过去是过去。你父亲是个浑蛋，这一点我们没法改变。你想继续这样，成为另一个他吗？因为，你看，我觉得一定是你父亲心里怕得要命，所以才会打人。他害怕，于是他就想让全世界的人都害怕。我必须承认，让你害怕比让别人害怕要困难得多。别再害怕了，我了解你，如果有一天，天真的塌下来，你也会像我和贝尔纳一样勇敢面对的。所以，别整天胡思乱想觉着天会塌下来。这只是你脑子里一个挥之不去的噩梦罢了，百分之九十九的可能并不会发生。当然，还有百分之一发生的可能性，一旦这百分之一的可能性变成现实，你想也是白想，在天塌下来之前，你不知道它会是一个怎样的塌法。所以，根本没必要预支恐惧，现在就开始害怕。’

“就是这样，我认真地审视自己的生活，我得承认，似乎真的是这样。

“她说得当然有道理了。但是我依然不明白自己应该做些什么，应该做出怎样的改变。于是我继续追问：‘哦，好吧。但是说这个干什么呢？嗯，我是想说……’她向我走了过来，抬起手，轻轻地摸了摸我的头发。保罗，我得说，她是感情内敛的人，所以对于她当时的举动，我很吃惊。事实上，她心中有爱，爱的信念坚定地扎根在她心中，但她很少去用爱抚这样的举动来表达心中的爱。她对我说：‘你都十三岁了，还不识字。是的，你很聪明，扎克。你可以不把别人放在眼里，不把我放在眼里，并且向大家证明你并不惧怕任何人。你是在自欺欺人，其实你看不起的是自己，如果你一直这样，你将一辈子都看不起自己。因为有人没正眼看你，你就把他痛殴了一顿？其实，你才是最可笑的那一个，大家都不喜欢你。你怕大家不喜欢你，所以你就自己先表现出一副不讨人喜欢的样子。至少，这样，你能明白大家为什么不喜欢你，你觉得一切尽在自己的掌握之中。孩子，你搞错了，你没有掌控什么东西，尤其是，你没有掌握自己内心的恐惧。'"

“你改变态度了？”

“嗯，改了，但是没有马上改。我还得犹豫一阵子，固执一阵子。改变，是循序渐进的。那个时候，我才充分认识到自己的内心是多么害怕。你知道，我把自己裹在一层厚厚的外壳里，然后对自己说，这样别人就伤害不到我了。然而，在这样一个厚厚的硬壳里，我是那么厌烦，那么孤单，那么害怕！所以我慢慢卸下了伪装，同时还在担心有人会趁机打我一巴掌。后来，人们开始跟我交谈，开始对我微笑，开始请我帮忙，老师们也开始表扬我，而我自己也开始明白了。等等，我还没跟你说我们生活在一个神奇的世界，这个世界上充满了生机勃勃、心存善意的人。当然，我并不是说世界上没有坏人。”

“爱心小熊[1]的人生哲学？”我笑了。

---

① Bisounours，比喻善良有爱心的形象。

“爱心小熊是什么？”

“我之后向你解释，你继续说。”

“这个世界上有胆小的、好斗的、满肚子坏水的人。但是，那些真的坏到骨子里、无可救药的人还是少之又少的。剩下的人心存恐惧,但是他们自己并没有意识到。他们时时刻刻都想咬别人一口，打别人一下，因为只有这样，他们才能暂时忘记其实自己怕得要死，忘记自己并没有那么强大。”

接下来的谈话也是围绕着类似的话题进行。我们聊到了他的工作，扎克从中得到了希望和启发。我对他说我对这种事情不怎么感兴趣，然而，我突然意识到之前的生命中居然从来没有像此时此刻这样，感觉这么棒。在加利福尼亚州的一间囚室里，一位牧师蹲在我身边，周围充斥着各种喊叫声——有一帮人，在无聊地玩“谁尿得比较远”的游戏。这是一帮无聊的人,明天一大早，他们就得把自己弄的这一摊残局打扫干净。

第二天晚上我重获自由。就在我临走之前，扎克开口了：

“你知道在哪儿能找到我。孩子，我家的大门永远为你敞开。别忘了，一切全在于你自己。你只要遵从自己的心就好了。”

“孩子”，这个词从一个跟我年纪差不多的狱友嘴里说出来，给了我一种奇怪的感觉。

和扎克那场很长很长，同时也很奇怪的谈话一直在我脑海里盘旋……三天。这期间，我回到了巴黎，重新和布莱特还有其他几个投资人取得了联系。

人们学着一小步一小步地前进，一步一个脚印。要是摔倒了怎么办？没关系，我们每一个人都会摔倒。我们站起来，然后重新出发，再也不能像胆小鬼那样爬着走了。

半个月之后，扎克也被放了出来。毕竟，他还有点儿名声，而且也没犯什么大事儿，就是把一个毒贩给打了，因为后者想把毒品卖给他帮助的那些孩子。好吧，是的，打得不轻。扎克尽力把这些孩子从那种不堪的生活中解救出来，不让他们再重复自己父母的老路。他已经打了那些肮脏的毒贩好几次了，被打的毒贩都快被人嘲笑死了，竟然被一位牧师给打了。扎克保护弱者、穷人，保护那些被遗弃的人，所以，他必须时刻做好战斗的准备。

事后我也不想再追究些什么了。即使……这一切发生的概率太低了。一个不算精明也不那么笨的法国人在旧金山喝醉了，在鹦鹉视觉餐厅的地下停车场歇歇脚，刚要跟一个漂亮的姑娘有点儿亲密的举动，警察巡逻队就来了。然后就被警察同志扔进监狱和一个牧师做了狱友，一个特别的牧师。好了，我就不浪费时间算概率了，嗯，这种事情发生的概率是六十亿分之一，比中彩票的概率还低，再说，我已经不去想这些了。

我给扎克写了两三次信，邮件和手机在他的世界里是多余的，我从来没有收到他的回信。对此我有些失望，但还好，也不是特别失望。之后，我不再为扎克操心了，但是这位牧师一直留在我的记忆中，留在我的心中，之后很久，我才发现了这一点。

那个时候，我还没有明白扎克的生活和我的生活是多么相似。至少生命的初期是相似的，因为现在他学会了用自己的两条腿走路。

不经意间成了尤达大师的田中先生

我回到了法国。一下飞机，本努瓦就出现在我的眼前，怒气冲冲的，似乎从天而降。他本来想去美国与我会合的。无限的怒火开始朝我喷射，什么我就是个疯子、冒失鬼，为了这事儿，他都急疯了，等等。

可爱的本努瓦，他看着有点儿发福了，还不到三十岁，就已经开始谢顶了。听我讲在监狱这段的时候，他吃惊得张大了嘴巴。对于被捕的原因，我原原本本地给本努瓦讲了一遍，比如因为庆祝而醉酒啊，玛丽萨啊，被捕啊之类的。我点了支烟慢慢地回忆着，本努瓦拍着我的后背狂笑。我想他是把我想成了一个冒险家，因为在里沃利街，他自己的生活平静而无聊。

奇怪的是，直到我们去停车场取车的时候，我也没有想起来扎克牧师。那时候，我真不知道自己是怎么了！用“谦逊”来解释这种情况有点儿不准确，或者更应该说是“迷信”。我相信，那是一种迷信。不不，我从来不信一只黑猫会带来厄运。莱昂诺尔的宝宝贝拉，有一身黑色的如同安卡拉羊毛般的皮毛。我写东西的时候，它就睡在我的膝盖上，发出直升机般嗡嗡的呼噜声。相反，高大的混血罗威纳犬对莱昂诺尔一直寸步不离，简直能称得上是过度保护了，搞得莱昂诺尔有时候受不了了就把自己关厕所里，偷得一会儿清静。“迷信”从秘密吉祥物这个角度看，就是我们藏起来的护身符，但当时我还没明白这一点。当然，我可以根据自己现在的所知重写这个故事。但是，我相信这一定是一种个人的迷信，我们都有的迷信。当有些事情太超出我们的理解范围，太美好，太幸福，太有希望，出于自己的恐惧，我们会说没有这样的好事儿。这还是恐惧，但是，这是一种美好的恐惧，一种幸福的恐惧。这是我们需要保护的东西，虽然我们不知道它的归处，甚至不知道它是否真的存在。有点儿像一位女士因为月经推迟了，她觉得自己怀孕了，但是她不想把这件事说出去，甚至不想去药房买一个验孕棒。因为她害怕，她如此害怕万一有点儿什么影响，说好的宝宝就会不见了。就是这种心情。

一天晚上，莱昂诺尔从自己的办公室走出来，边走边向后甩了甩自己金栗色的鬈发，她的忠实护卫——楚伊紧紧地跟着她。她笑了，轻轻地推开我递过去的酒，对我说：

“保罗，我怀孕了。”

我愣愣地看着她，嗓子发干，心跳狂飙到了每分钟300次以上。

“什么？你去检查了吗？去妇产科看了吗？”

“没呢。我怀孕了，可能是个男孩儿，也可能是个女孩儿，他或她就在我的身体里，我能感觉得到。”

我紧紧地把她抱在怀里，高兴得像个孩子，激动得说不出话来。

那个时候我们的小玛雅就在妈妈的肚子里面，那天是我生命中最美好的一天，我确实在那儿，是的，我也在那儿，我做的一切都是为了某件至关重要的东西。

好了，那是以后的事儿了，有点儿扯远了！对不起大家。继续说我回到法国之后的事儿。

当然，我有时候会想起扎克，想起黛丝夫人，想起斯格瑞芬法官，想起旧金山的监狱。然而，随着时间的流逝，这些记忆越来越像一场假期的回忆。这些回忆在当时并不可爱，但过后确实动人心弦。

心花怒放，至少我觉得自己是这个状态。电话响个不停，连通了美国和巴黎。帕克银行的合作计划，各种观点和想法，和巴黎卫生部的各色官员的接触（他们当中的有些人很不错，热心肠，乐于助人。另外一些人呢，很讨厌，事情一到他们手里就卡住了，只要你没有上级盖章签字的公函，就别想让他们干一件事儿），和病人保护协会的会面，满世界地去寻找符合本努瓦认定标准的最好的医院、最好的药品和最好的医生，这一切的一切让我的精神一直处于亢奋状态中。当然，其间也有不和谐的因素，有一个很差劲儿的协会，名字我就不说了，但是我想说那个长着一张田鼠脸的女会长真的很差劲儿，当时我真想扑上去掐她的脖子。从她走进我的旅行社那一刻，我就非常厌烦她。她一会儿唉声叹气，一会儿出言不逊，转了一圈，一边转，一边叹气，好像全世界的悲苦都压在她那瘦弱的肩膀上。长了一张田鼠脸，看起来也很憔悴，但是，她应该不到四十岁。我会把这个称号留给我们的男性朋友们。凯斯女士（我们先这么叫她吧）在我面前站定，表情严肃而痛苦。她发表了一通慷慨激昂的演说，还夸张地做各种颤抖状，演说的中心内容就是我这间小旅行社犯错误了，区别对待，不公平。事实上，有些人，尤其是他们这个协会中的一些人，承担不起去国外就医的费用。我竭力使自己保持心态平和，跟她解释："非常幸运的是，鉴于我们全国上下精诚团结，在法国，那些比较严重的和存在潜在致命威胁的疾病都被医保覆盖了，而在美国，情况则不一样。”

“但是即使在美国，这也是一种不公，可耻、卑劣。”她的声音尖锐刺耳，“有些人有能力去国外就医，但是有些人则没有这个能力。”

凯斯女士持续、无限地表达着自己的观点。我实在是忍无可忍了，声音也不自觉地高了几分 ：

“请等一下！照您的意思，一个无法在本国就医，但是可以去别的地方就医的病人，就该去死，因为在萨赫勒[①]的某个地方，有一个穷小子得不到医疗保障？一个必须要接受心脏手术的孩子，就因为自己的国家没有条件进行这种手术,他的母亲就得眼睁睁地看着他去死，因为她能筹到钱去曼谷给孩子治病是所谓‘不公平’的？您从哪儿来的？哪边儿的？您中午吃饭了吗？”

她看着我，神色有些不安，放在腿上的双手握得紧紧的。

---

① Sahel，非洲热带草原向撒哈拉沙漠过渡的干旱、半干旱地区。

“嗯……吃了。”

“我真为您感到羞耻！丑闻啊！不公啊！世界上每四秒钟就有一个人死于饥饿，您还敢吃饭？为了公平和正义，您也该饿死才对，不是吗？好了，您别在这儿用您的双重道德标准来对我说教了，请吧您，门在那边，不送了。”

她被我的举动惊呆了，全身都开始颤抖起来。我以为她会在我的办公室哭。但是我当时很生气,我不在乎，管她哭不哭。

我觉得自己没错，但是，我错了。凯斯女士被自己内心的恐惧吓坏了。她想让很多很多的人，包括我，也被同样的恐惧困扰，不敢去享受生活、不敢去爱人也不敢爱自己。为了对付自己心中的这种虚幻的恐惧，她组织了三十多个人，建立起了这个小协会，协会里的这些人可能比她本人更尖刻、更怯懦。但显然，这不是一个对抗恐惧的好办法。她一定会想“成为某个人”，忘记自己的恐惧，做点儿对自己的生活有意义的事儿。分享他人的恐惧，以便忘记自己的恐惧，或者对自己说，自己是正义的、合法的、神圣的。这是最古老的，同时也是最滥的招数。

那时候我还没明白，我和本努瓦刚刚也做了同样的事情。两个人的恐惧凑在一起，好说服自己“不怕，不怕”。虽然每天要面对各种烦心事，各种阻碍，还有没完没了的废纸，但是在连续工作了十二天之后，我心花怒放、欣喜若狂。因为经济前景不是一般地好，我们一定能大赚特赚，我该买辆什么车好呢？对了，我得表现得像一个成功人士，胜券在握，有气势又有气质。一辆路虎揽胜，应该是个不错的选择，或者是一辆奥迪，高端点儿的系列。我还要换房子，这是肯定的。一所处在黄金地段的豪宅，这个至关重要，可以把重要的客户请到家里来喝一杯。十六区、八区，还是七区？或者是漂亮的十七区？要不就在讷伊[①]？

---

① Neuilly，另译为纳伊。

当我在办公室里和成堆的清单列表、市场预测、各种必要的投资和必买的保险战斗的时候，艾米丽从我办公室的门口探出头来。她是我的主将，现在已经全面接管了我在旅行社的工作。

“保罗，有两位日本先生，一个叫……嗯……由树……唉，我也搞不清楚，大概是由树冈田克也，另外一个没说名字。”

我第一时间想到了田中先生的搭档们，赶紧站起来，抓起扔在椅背上的外套穿上。

“请他们进来吧。可以为我们准备一点儿咖啡吗？如果那样做的话，你真是太贴心了。”

田中先生本人进来的时候，我整个人都惊呆了。他身后还跟着一位笑眯眯的先生，裕辅冈田克也，看起来应该和我差不多的年纪。我殷勤地起身和他们打招呼，并且给冈田克也递过去一把椅子，把他从“人形衣架”的窘境中解救出来，然后向田中先生表达了我的欢迎。他向我点了点头，眨了眨眼睛，表示回应。除非在生死攸关的紧急时刻，否则这位同志一小时说的话不会超过三句。

根据我对日本礼仪的粗浅了解，我没有先开口，而是等着田中先生的问题。冈田克也的英语十分出色，他代表田中先生问了几个或者说一个问题：

“拉马尔什先生，田中先生希望了解你们目前的进展、预期前景以及可能遇到的麻烦。”

之前有一个稀里糊涂的朋友去日本待了几个月，虽然不能说他是日本通，但是对我来说也是重要的参考，于是我向他咨询了一下日本的礼仪。他告诉我绝对不能让一位有身份的日本先生陷入尴尬的境地，不能直接说“不”，也不能公开反驳他。开场白要充满敬意，但是那些毫无意义的客套话就免了，他们不喜欢听。所以我对“决策者”们有了一些粗浅的了解。千万别提问题，除非你已经有了解决方法。

于是我做了一段尽可能简短的介绍。其间田中先生没有打断我，只是点了点头。介绍结束之后，我觉得他会说两句。我觉得自己表现得很机灵，如果得到他的夸奖，我会很高兴的。但是，我失望了，他什么也没有说。随后我明白了，自己并不应该得到夸奖，因为我只是做了自己当初承诺的事情而已。简单来说，我的行为就像一个怯懦的孩子，渴望得到大老板的赞赏。没有赞赏，田中先生就这么看着我，似乎是在审视我，脸上没有一点儿笑意。突然，田中先生开口了：

“保罗，你为什么想做这个项目呢？究竟是为什么？”

他这个问题问得我瞬间呆滞，比问我八个月大的时候受洗礼是什么感觉更让我吃惊。嗯……是为了不再默默无闻，为了成功，为了赚钱，好像在自己证明自己能行。我的脑子开始飞速运转，想努力找到一种合适的、文雅的表达方式来阐述自己的想法。好吧，不管怎么样，日本人非常清楚“不默默无闻，成功，赚钱”是什么意思，他们也非常善于此道。

“为什么要做医疗旅游？”他又问了一遍。

“呃，田中先生，因为现在做这方面的人不多，我们有广阔的空间和市场前景。”

“嗯……嗯……”

那些认为亚洲人难以捉摸的人真是错得离谱。显而易见，田中先生对我的回答不满意，甚至有些失望。他站起身，随后冈田克也也站了起来，会晤到此为止。我快步走过去给他们开门，然后一直把他们送到了楼下门口。

在门口，田中先生再次开口了：

“我的小女儿浩子跟我说起过美国一个亚拉巴马州的女士，她的名字大概是玛丽·简·巴顿。再会，保罗。”

他们离开之后，我立刻冲向了电脑。结果显示玛丽·简·巴顿是一位单身母亲，三年前，她想筹一笔钱，因为她的儿子，十二岁的乔伊患了中毒性肝炎，面临着死亡的威胁。毫无疑问，一个简单的肝移植手术就能让小乔伊痊愈。结果找到了能和小乔伊匹配的肝脏，但是小乔伊没有医保，玛丽·简·巴顿支付不起4000美元的治疗费用。最终这个健康的肝脏被移植给了另外一名肝病患者。那位患者很幸运，而小乔伊却离开了大家。

这时，扎克突然出现在我的脑海里，犹如当头一棒，脑袋真的像是被人用棒球杆狠狠地敲了一下。

我在脑海里搜寻着田中先生的一点一滴。后面的话他没有说，但是他的意思很明显：为什么不寻求一种新的、更好的方法来解决这些问题呢？田中先生加入这个项目是因为玛丽·简·巴顿，我觉得一定是这样。当然，我并不觉得这位受人尊敬的田中先生是一个圣人，或者是一个随时准备往窗外扔钱的慈善家。他不是那样的人，他喜欢挣钱，但是在他眼里最重要的是自我肯定，为了拥有自我满足感。田中先生不需要再证明自己，更不需要向别人证明自己。然而，他考虑的东西是我从来没有想过的。他眼中的医疗旅游等于病人，等于正在受苦的人，等于那些面临死亡的人或是眼睁睁地看着自己的孩子死亡的人。这些和一个青年女子渴望有一双坚挺饱满的乳房来吸引自己的男人根本不在一个精神层面上。

回到家，我觉得自己真的很差劲儿。喝了三杯威士忌之后，这种低落的自我厌恶情绪没有得到丝毫的好转，相反，整个人感觉更不好了。开始的时候，我十分慌乱：田中先生会怎么看我？我真的让他失望了吗？他会改变主意撤资吗？我被这个想法惊得一下子弹了起来：

“兄弟，你真是傻到无可救药了！对于田中先生来说，重要的是小乔伊。嗯，也并不是他，但是这个小男孩对田中先生来说已经成为一种象征。如果不是因为这个，他可以用这笔钱再开一家酒店，而不是投资这个项目。你想得到他的尊敬，那么请你先尊敬自己，尊敬自己的眼睛。那边还有一堆工作在等着你，可怜的兄弟！快去吧！”

接下来的几天，我一直在犹豫，要不要去找一位导师，一位思想引导者，一位心理学家，或是找一个冥想组织，或者买几本他们的书看看，提高一下自己的修养。之后，我决定在网上寻找对自己有帮助的东西，那个时候的互联网还不像现在这么发达，但是我还是找到了一些有意思的东西，但是对我没有什么实质性的帮助。在网上，我还发现了一些让人吃惊的人，其中有一些人很搞笑，他们问我：真的会有去钻这种圈套的傻子吗？扎克的话不断地在我耳边响起：“别忘了，一切全在于你自己。你只要遵从自己的心就好了。”但是，除了那令人讨厌的寂静，什么声音也没有。

每天面对堆积如山的工作，我心里这点儿微弱的自我提升的想法并没有停留太久。工作让我兴奋，占据了我的时间，让我无暇他顾。第二年，我和本努瓦一起出去了几次，吃吃喝喝，因为他也十分忙碌。我又飞了两次美国，除此之外，我除了工作还是工作。

你可能会问我后来又见田中先生了吗。见了一次，在一个非常少见、非常职业、非常不私人的场合。冈田克也成了他的代言人。这几年，我一直对自己说田中先生太忙了，投资了这个前景不错的项目之后，他肯定还有许多别的事情需要做。差劲儿的借口是，没准儿他现在正等着保罗·拉马尔什卑躬屈膝地攀高枝儿呢。

也许我错了，高估了自己在田中先生心中的位置。

但是不管怎么说，我觉得自己让田中先生失望了。这种细腻的情感问题在男人之间很少见，尤其对方是一个上了年纪的男人，就更可以忽略不计了。

我把最精彩的部分给大家留到最后。田中先生是一位真正的大师，也许他自己也意识到了。

尤达大师的沙漠

接下来的几年在我的记忆中有些混乱，但回忆起来也并不令人讨厌。记忆中除了工作，还是工作，一直都是工作。还有就是桃花运不错，有几段艳遇，但都是露水情缘，都没有持续太长时间。周末的时候我就和本努瓦一起一点儿一点儿地完善我们的计划，经常通宵达旦，最终我们筋疲力尽。有一个周末，本努瓦突然跟我说他要结婚了，问我能不能当他的证婚人。这个提议对我触动很深，然而，有一件事情令我很困扰：我没有见证这个女人是如何走进他的生活的。他说结婚的对象叫斯蒂芬妮，就是我碰到过几次的那个姑娘。那个姑娘是个棕发美女，个子不高，身材娇小，看起来聪明友善，对生活充满热情。在我看来更重要的一点是她很爱本努瓦，而且人不错，不是令人讨厌的类型。另外，在本努瓦疲惫的时候、犹豫的时候、泄气的时候，斯蒂芬妮都会安慰他、鼓励他、开导他，还会对我们考虑的问题提出十分中肯的看法。这倒是让我想到了莱昂诺尔。

莱昂诺尔的出现曾让我充满激情，充满对女性的无限好奇。她令我着迷，这点是必要的，但有时也不是总那么愉快。那时候，我没想和哪个姑娘天长地久地在一起（对这些陈词滥调请多包涵），激素水平的波动会让女性变得难以捉摸，和男性相比，她们要感性得多。而且在她们面前还要斟词酌句，语言和表情都得到位，不然的话就会被看成是没心没肺的大男子主义者。

莱昂诺尔话不多，有些时候需要我发起话题她才会说一两句。但是和她在一起之后，我明白了这是另外一门关于世界、关于人、关于感觉的学问。我也明白了女性的感知力确实比我们强得多，只要她们用心去感受。关于田中先生和扎克的点点滴滴，和我不同，莱昂诺尔并没有用几年的时间来慢慢明白这个道理。每次我和她说到这一点，她就会笑着反驳我：“那又怎么样？亲爱的，重要的是你已经注意到了，也明白了这些。”

不好意思，不好意思，我又扯远了。

不工作的时候，这些事情在我的脑子里变得越来越混乱，因为“过去”变得越来越不重要了吗？不是的，它很重要，因为它和现在、未来密不可分。我必须承认自己的过去是一连串的错误，但是，过程和结果一样重要，甚至更重要的是，我们还是继续着“过去”的话题。

本努瓦和斯蒂芬妮要结婚了。婚礼的所有事情都是斯蒂芬妮一个人准备的，因为她的未婚夫分身乏术，一边忙着自己诊所的事情，一边忙着我们的项目。斯蒂芬妮以一种非常愉快的心情，独自搞定了关于婚礼的一切事宜。有一天，她笑着对我们说 ：

“好了，先生，我能指望你做什么？你只要知道就行了。本努瓦，这些事儿都完了以后，我希望能有一个最棒的蜜月！”

“好的，没问题，亲爱的。”本努瓦张口就来，根本没听到自己的未婚妻在说什么。

好在斯蒂芬妮是个好说话的人，并不较真。

去世界各地的出差越来越多。我就像是一个侦察兵，去侦察一切：当地真正有可能建立合作的医院，有潜力的患者，各种规章条令，怎么用钱疏通关系，处于康复期的病人和他的家属出游的可能性，当然，还有这些国家的政治稳定性。把一位患者送到一个内战不断的国家去做一台大手术难度太大了。本努瓦也加入了到处跑的队伍，因为需要他鉴定医生和护理人员的从业资质。当时，理想的状态是目的地附近有一家田中先生开的连锁酒店，这样就可以更舒服地休息了，但是这并不是必需的。

最终，在一切尘埃落定的时候，我们组织了第一批旅行。具体的细节我就不说了，兴奋、不安、整夜整夜地睡不着、最后关头的失态，等等。

需要解决一系列的后勤问题，搞定患者所在国家的法律问题，尤其是要确定器官捐献者是否是完全自愿的，或者是在遗嘱里面写明把自己的身体贡献给科学研究，而不是出于贫困卖器官，或者是被人用枪逼着献出器官。这就从源头上控制了这类问题的发生，但是在有些国家，这些核实工作就显得很困难了。在坦桑尼亚，有时会得到官方的帮助，但是这时候一定要提高警惕，同时心里明白这时候要有钱赚了。许多关于谋杀的传言都与此相关，比如说有些可怜的家伙被杀了，就是因为他们身上的器官和有此需要的患者相匹配。不管是真是假，这种情况是我和本努瓦最不想遇到的。

我们的事业开始好转，也渐渐开始有所收益。我搬到了第七区，还给自己买了一辆不错的奥迪，现在的西装不是 Armani 就是 Hugo Boss，手机用的是最新款的苹果手机，出入的是高级的饭店和夜总会，我觉得自己真的已经成为一名成功人士了。我把自己的旅行社卖了，租了一套不错的公寓作为我们的办公室，艾米丽还留在我的身边，成了我的合伙人。那时候我真是自大极了，又慷慨，我给劳伦寄了张支票。就是我那个表兄弟，自从卡特琳娜姨妈过世之后，我只见过他几次，每次都是匆匆忙忙的，见面时间都不长，差不多一个小时。然而，好吧，我和这个空想主义的失败者没有一点儿共同语言！那时还没有固定饭碗的我根本不明白劳伦已经在人生的道路上领先我很远很远了。他曾经对我说，我的世界完全没有意思，他说的是心里话，没有什么恶意。劳伦是敢说敢做的那一种人，他不会因为自己的话会让我不快就不说。同样，当我给他讲我的超级成功事例和我给自己弄的那些不怎么样的小玩意儿的时候，他也会很开心地说：“哦，真酷！”或是“兄弟，你真牛！”但那时候，他对我来说，就是一个可爱的、无所事事的人，跟我们的世界格格不入。

开旅行社时的助理——艾米丽，现在成了我的新式医疗旅游事业的合作伙伴。她在我身边工作了五年，但我对她几乎一无所知，承认这一点真是令人万分羞愧。

为什么呢？因为我不在意。好吧，她是个单身姑娘，美丽大方，三十出头，喜欢把头发染成紫色或是橘色的。她的指甲的颜色让我觉得她肯定在美甲上花了不少时间：白色的指甲，顶端画着小笑脸，或是画着黑色的小星星，又或是蓝色的星星和一个黄色的小月亮。好吧，我从来不美甲，但是这种精细的活儿无疑十分耗时。在旅行社等客户的时候，她没有琢磨下次要去哪个美甲师那儿,而是到处窜。公司的转变使她有了一次大幅加薪，因为她多做了许多工作。

然而，艾米丽的态度转变得太快、太彻底了，就连我这种平时不注意的人也感觉到了。她变得安静了，之前她是那种话特别多的人，但是从来不涉及自己的私生活。她的效率提高了，工作质量也不错，她全身心地投入到工作中，加班是常态，却从来不会要求加薪。更奇怪的是，我发现她把指甲修得短短的，只在上面涂了层亮油。头发也恢复了本来的深红褐色,这个发色很衬她，显得皮肤白皙，黑色的眸子更加熠熠生辉。最主要的是，我发现顾客们非常喜欢“艾米丽小姐”，会问：“她在吗？”“能由她负责吗？要是她不在的话，明天我再打过来。”

在好奇心的驱使下，我请她吃了顿午饭，这是我们一起工作五年来的第一次。不是我不想请，是因为我从来没想过要请她吃饭。

不见客户的时候，我喜欢去一家小酒馆吃饭，这家酒馆的菜单没什么创造性，但是很不错。再者，牛排给得够分量，并且味道正宗，只有一样：去用餐的时候要和不认识的人一起坐，因为酒馆里大多是那种长条桌子，只有很少的几张私密的两人桌或是四人桌。和十几个人排排坐，感觉自己真是“八面玲珑”。从个人角度来说，我觉得挺别扭的，耳朵里充斥着陌生人的谈话声，而说话的人也会觉得我坐在旁边而感到不方便。请艾米丽用餐的时候，我更不想自己的言谈被别人听到。很幸运，那天我们坐了一张两人桌。艾米丽显得很高兴，对我请她吃饭还有点儿吃惊。

前菜上桌之前，我们都有些放不开，有点儿拘束，话题平淡无奇，也就是谈谈天气，谈谈最新的电影，谈谈看的书，谈谈度假的地点，等等。特殊点儿的，关于工作的事儿，我提都没提。事实上，我从来没有和艾米丽进行过真正意义上的交谈。她是个讨人喜欢的姑娘，十分聪明，工作很出色，对我来说就是这些。再者，一时间，我突然有些后悔自己的冲动。我请她吃饭的理由是什么来着？要是结果证明人家换了个造型是因为交了个新男友，这位先生不喜欢那些绿底红花的奇葩指甲造型，我还能说什么？没什么原因，更没什么深意，我干巴巴地开口，显得有些笨拙：

“呃……我不是太清楚，我感觉这个新工作似乎更适合你？”

“哦。”她开口回答，神色突然变得严肃起来（她把嘴里的蘸着芥末蛋黄汁的三文鱼咽了下去，犹豫了一下，然后叹了口气），“我得跟你说件事儿，保罗，私事儿。”

那时候，一旦有姑娘跟我说这话，我一般会马上提高警惕。我对成为一个她们倾诉心事的闺密完全没兴趣，因为我觉得女人的心真是海底针啊。在我的脑子里，这些事儿一般可以被总结为：他不再爱我了，他走了。简单来说，当你面前坐着一位伤心欲绝、双目含泪的姑娘，那一定是一段悲伤的故事，各种折磨人的神经。

“嗯……”

“你不知道，我父亲在我很小的时候就离开了，之后我的母亲就生活在痛苦里。”

“哦，对不起。”我低声说，心里想着她到底要说些什么。

这句“对不起”就是一句客套话，暗示她这个话题该结束了，也是一个幌子，幌子背后是我那颗有点儿不耐烦的心。

“没关系，现在我不在意了。可以这样说，我说这个是为了做一个铺垫。那时候我六岁，我们那时候穷极了，我妈妈的哥哥，我叫他希尔文舅舅，他负责照顾我们，他比我妈妈大五岁。那些年，他真的是竭尽全力地在照顾我们，不只是经济上的，他在我心里是个巨人。他坚如岩石，同时又幽默诙谐，无论有什么问题，他都能找到解决的办法。”

“他去世了？”

“嗯，有两年了。在我来旅行社工作之前不久，我妈妈也去世了。”

我隐约记得她曾经说起过，那是十分模糊的记忆。相反，两年前，我甚至没有察觉到她刚刚失去了一个对她来说十分重要的人。

“是心脏病，也挺好，我说的是我舅舅。不知道你还记不记得，那时候是 10 月份，我请了整整一周的假。”

我看到她的眼里充满了泪水，自己也想掉眼泪了。那时候，我完全沉浸在了她的悲伤之中。我追问：

“呃，‘也挺好’是什么意思？”

“他有老年痴呆症，在生命的最后几个月里，他衰弱得非常厉害。”

“哦，对不起。”我又犯了个错误。

艾米丽拿着手中的叉子，机械地摆弄着牛排旁边的薯条，沉浸在自己悲伤的回忆里。我也不敢继续吃了。

“我和我表姐找到了一所专门照顾老人的疗养院，在法国西部，但是离巴黎并不远。找了那么多家机构，这是我们唯一能够负担得起的。算上救济金、社保和我舅舅那为数不多的财产，我和表姐两个人每人每个月的生活费只剩下250欧元。我表姐有两个孩子，工资不高，她丈夫也一样，收入不多。周末的时候，我们会尽可能地抽时间去看舅舅，陪他说话，把他拉出来溜达溜达，简单来说就是让他多动一动。然后，有一天……那天是周二，是个假日，我去了舅舅家……”

我看到她收紧了下颌，突然把叉子插进了一根薯条里，神色很糟糕。

“那些蠢货！那个不尽职的护工！我差不多是下午三点到那儿的，当时希尔文舅舅的裤子上都是排泄物，没有人给他清理，他哭了，哭得像个孩子。他的餐盘还在餐桌上，饭已经凉了，一口也没有动。他都不能自己切肉了！他不能自己吃饭了，只能吃那些很软的东西。我都不知道他有多长时间没洗澡换衣服了。”

“我希望你当时发火了。”

她漂亮的黑色大眼睛就那么看着我，里面是无尽的悲伤。

“没有，我什么都没有说。我给舅舅洗澡，然后喂他吃饭。我按铃，按铃，再按铃，护工终于来了，不紧不慢地。我问我来的时候我舅舅是什么样的状态，现在怎么变成了这样，她居然态度恶劣地跟我说：‘你搞明白，我不是只有这一件事儿要做！’我当时真该给她一巴掌。”

“就应该给她一巴掌，那你为什么不打呢？”

“因为我害怕，害怕引起公愤，害怕他们把我舅舅赶出去。因为我们也没有其他地方可以安置他。”

“他们不能赶走他。”

“但是我还是害怕。”

艾米丽一定不知道她讲述的这一切在我脑子里回放

了多少遍。确实，他们不能把她舅舅赶出去；确实，艾米丽本可以投诉护工的这种恶劣行为；确实，她本可以给这个没心没肺的护工一个耳光。但是她自己心里的恐惧阻止了她。这种恐惧让她下意识地去保护自己亲爱的舅舅。艾米丽不能那么做，换了我们，也不能。恐惧是一种潜藏的病，很严重，只有当我们意识到恐惧，意识到自己正在被它侵袭、折磨的时候，我们才能消灭它。但遗憾的是，我们当中有些人永远也不会意识到这一点。其他的人自我安慰说自己一直很谨慎、很警觉。

没有多想，我轻轻地摸了摸艾米丽的脸庞，就像一个哥哥一样。我不知道应该对她说些什么，因为我在自己的人生道路上并没有经历多少。她似乎有些感动于我的举动，我有些吃惊。她接着说：

“嗯，事实上，我想说的是，对我们新的顾客群来说，一场旅行的意义远远大于一次令人愉快的异地体验，不是逛逛名胜古迹、看看自然风光这么简单。有时候，很多时候，一场这样的旅行对他们来说，或是对他们的家人来说，是一次赌博。所以，我想做点儿有意义的事儿。然后，我对自己说，有一天，我们会在一个让人感到舒服、愉快的国家，建立一个很棒的机构，收费不高，专门照顾像我舅舅那样的人。保罗，这个想法像一个强大的推动器，促使我朝着这个方向不断地努力。”

尤达大师们的回归

我基本准备就绪

我们的公司运转得不错。投资人欢喜异常，才几年时间，他们就收回了最初的投资，并且获利十倍以上。本努瓦和我也赚翻了，本努瓦刚刚送了斯蒂芬妮一个农场。农场在诺曼底，里面有泳池，还有一个很大的暖房，美极了。我呢，想买一个漂亮点儿的临时住的房子，正犹豫是买在旧金山还是买在纽约，或者买在亚洲也是不错的选择。

任何事情都是有两面性的，在赚钱的同时，我和艾米丽在成堆的工作里已经累到不行了。为了帮忙，本努瓦决定把他的门诊时间压缩到每周三次。其实他也帮不上什么忙，因为他对着电脑就会犯恶心。斯蒂芬妮看着急得直跺脚，最后亲自上阵来给我们帮忙。但是，她肚子里的宝宝似乎并不想让妈妈给我们帮忙。负责斯蒂芬妮产检的医生气得暴跳如雷，严令这位不安分的孕妇好好待着，最好能卧床休息。所以我们决定再找一个合伙人。

第一个，是一名叫文森的年轻人，但是他只坚持了八天。我们每天接电话接到手抖，如果你不接，它就一直响。在面试了十多个人之后，我们最后决定就是这个人了：安日尔夫人，五十八岁，两年半之前提前退休，我们付的工资比她之前工作的时候低，而且工作性质完全不同，她之前是个法学家，但是对于这些，她都能接受。安日尔夫人明白自己除了投递小广告或是给人看孩子，几乎找不到什么工作。决定雇用她之后，我们从来没有后悔过。安日尔夫人浑身充满能量，就像美国人说的，是一只“勤劳的小蜜蜂”，简直是能人所不能，我们真的是捡到宝了。而且，她和艾米丽相处得非常好，两个人简直把“混乱整理”这个概念提升到了艺术层次。她们俩的办公桌上摆满了各种文件，我看到就头疼。但是奇怪的是，当我要一份文件的时候，她们能在一堆纸或文件中迅速找到我要的那一份。

那天早晨，安日尔夫人转接给我一个电话，说是冈田克也打来的。我们伟大的安日尔夫人做了一项关于日本名字后缀敬语的研究。结果表明，冈田克也是“san[①]”，田中先生是“sama[②]”，这个词也是用来称呼上司的。“san”前面可以加一个名字或者姓氏，可以称呼男人，也可以称呼女人，有点儿类似于“先生”或者是“夫人”。对于孩子或者宠物，一般用“chan[③]”。“sensei[④]”一般是用来称呼老师和医生的，也就是说，一般用于称呼某一领域的牛人。很有意思，由于我很长时间都没有和田中先生直接联系过了，我觉得这些发现应该是有用的，但是我错了。

---

① 日语日常用语中的尊称。

② 日语敬称，表示非常尊敬。

③ 日语昵称。

④日语敬称。

冈田克也还是那么彬彬有礼，问候我最近怎么样。根据视频电话的情况来看，他既不在日本也不在美国，应该是这样。

“田中先生希望能和您共进午餐。”

他的话把我惊着了，半天不能动弹。然后，我殷勤地回答了他，甚至有些结巴：

“很高兴能和田中先生共进午餐，这是我的荣幸，什么时候？”

“今天。”

“呃……”

“当然，有点儿突然，但是田中先生正好路过巴黎。”

“一点儿也不突然，再说，我也没什么其他的安排。”

睁着眼睛说瞎话，我得取消和两个人的见面。和田中先生见面的时间约在下午一点，地点在圣日耳曼德佩那儿的一家十分高档的日本餐厅。我对日料没什么兴趣，吃生鱼片真的让我很无力，但是为了让田中先生满意，让我吃生的龙肉片都行。

地方很不错，充满禅意，背景音乐淡淡的，意境悠远。虽然生意火爆，但是这间包厢里只有我们五个人。那天，我的味觉受到了冲击，我对自己之前的狭隘判断有些自责。事实上，我发现日本的美食完全可以比得上法国料理：香肠，很好吃的那种，也很难和三文鱼馅饼或是小鸡蘑菇相媲美。简而言之，我们每天吃的东西，甚至想都没有想过的东西，在变成了艺术之后就不单单是吃食了。

不用再在我的紧张上浪费笔墨了。田中先生是一个非常重要的人物，因为他给我们公司带来了很大的投资，还因为他在我们的生意中就是一张隐形的名片，给我们带来了好多人脉。在介绍我们公司的业务时，先说田中先生是我们的合伙人，然后再说本努瓦和我都是严谨的人，值得信任，又有能力。介绍的先后顺序就有很大的文化差异。我一直害怕自己做蠢事，和那些教养良好的日本人交往时有一个问题，如果不太了解他们的礼仪规则（不单单是我存在这种情况），我们根本意识不到自己做了件蠢事。做了之后，没什么可说的，你出局了。多少西方的企业家和政客都在这方面吃了大亏，就是因为他们不理解自己对面的日本人发出的微妙信号，甚至是最小的问题也会变得很复杂。我试图在说话之前先判断对方的意思：赞同或者反对。我今天最大的收获是田中先生感觉到了我的不安，并且知道这种不安的原因，甚至拿这个说笑。我放松下来，等着我们的第一道菜上桌。第一道菜是拌焯青菜[①]，我再一次点了和他一样的菜。

“田中先生，您不喜欢巴黎吗？”

“不是的，我非常喜欢巴黎，我的妻子和我的两个女儿也是，她们一进商店，不逛上一天是不会出来的。”田中先生笑着说，“好像对她们来说，在巴黎买个爱马仕或者是迪奥的包比在东京买个同样的包要好看得多。这里肯定有什么我不知道的原因。”

我笑了笑，心里明白，这是进入主题之前活跃气

---

① 日本料理，把青菜用开水焯过之后浇上酱油的小菜。

氛的玩笑话罢了。日本人从来都不直奔主题，因为那样显得很没有教养，但是进入主题之后，我们就不再说废话了。

“你知道为什么日本人那么喜欢庆祝花见[①]吗？”

我不知道，而且不知道“花见”是个什么东西。他从我迷茫的眼神中看出了我的意思。

“赞美花，特别是赞美樱花，也就是樱桃树[②]的花。如果有一天你去东京，如果正是花期，一定要去青山公墓看看，那儿是最棒的赏花地之一。”

幸运的是，我曾经听人说过，赏樱花对日本人来说是一个十分重要的习俗，他们会去景色最美的公园，去欣赏成片成片盛开的樱花，那是一个幸福的时刻。全家人一起去，或者是公司的同事一起去，一般都是在树下

---

① 日本独特的赏花方式。

② 原文是 cerisier（樱桃树），在严格的植物学分类里，樱花树和樱桃树同属樱属但不同种，这里是因为文化差异，便于理解才如此解释。P117 同理。

野餐，唱唱歌，然后再喝一杯。

“太美了，简直令人沉醉，我是说那些花。”我跟进话题，至于把话题引向什么方向，心里完全没底儿。

“保罗，其实，那些花也很脆弱，所以值得我们去欣赏、去赞美。这种美丽的小花，凋零得很快，所以没欣赏过它们的人必须抓住机会，在它们还没有凋零的时候去欣赏它们。”

第二道菜上桌了，看起来很诱人:热汤牡蛎荞麦面。

我有点儿紧张，同时又有点儿……怎么说呢？同时又有点儿松了口气的感觉，并且对田中先生的这次邀约感到很开心，至少证明之前我在田中先生面前的迟钝表现没有令他太失望。就在那么一瞬间，我突然明白了他想跟我说什么。报表、利率、投资储备金，这些在我脑子里一一闪过。我已经做好了准备，尽可能详尽地向他分析这些数据，证明自己确实值得他给予我的信任。我按捺住心里的激动，准备找一个合适的机会来说这个事儿。但是……我就是个傻子！田中先生没必要为了这些事情亲自走一趟，还请我吃饭，这个冈田克也之前说过。

“保罗，我想问你一个问题……”

我挺直了脊背，尽量表现得放松。

“在法国有没有类似‘大橡树是由小橡果长成的’这种谚语？”

三年来，我把全部心血都投入到了事业上，报表数字统计什么的还行，但是这会儿，我真不知道他为什么要说这个。当然，我的大脑正在高速运转着，试图找出一句类似的谚语。

“呃……积小流成大河。”我用英语说给他听。

这是第一次，我从田中先生的脸上看到了真正的微笑。他点点头，显得很高兴。

“哦，我很喜欢……我觉得这句更好一些：一滴水又一滴水，小溪，河流，大江，最后是广阔的海洋。用日语说，应该是‘Chiromotsumorebayama to naru’。”

“这是什么意思？”

“积土成山。壮观的景象，是吧，保罗？”

“是的，田中先生。”

但是，他要表达的到底是什么意思呢？是“我们已经完成了全部投资，现在已经有收益了，并且收益在成倍地增长”的意思吗？或者是和这些无关的其他什么事儿？

完全是另外一件事儿，确实：一粒沙，一个山丘，一座山。我们是一座山，当有一天，我们只想着自己而心中没有他人的时候，我们就变成了沙粒，一颗颗单独的沙粒。我们是微不足道的一粒沙，但是我们拥有绝对的力量。一种美好、平静、慷慨的力量。

我们的最后一道菜是什锦薄饼，有鲜虾薄饼和蔬菜薄饼。

我继续我们的话题，可是明显感到田中先生没了兴趣，对我的话几乎是左耳进右耳出的状态。他什么都知道，而且见解深刻，我觉得自己像是一拳打在了棉花上。然而，田中先生离开的时候貌似没有什么失望的神色，很开心。

好了，我可能会重写这一段，我没有自大到以为田中先生来法国只是为了和我谈谈樱花的脆弱，谈谈尘土，谈谈橡树，谈谈小溪或是山峰。他一定是在法国有其他事情要处理，或者是希望让自己的妻子和女儿来这儿开心一下。但是，他请我吃饭还是说明了一些问题的。我应该去探寻这个答案吗？时机还不是很成熟。

那天晚上，我自我感觉各种良好，甚至有点儿飘飘然了，就像小学生从老师那儿得了赞美，像是底层员工因为大老板的一句话突然进了一个大项目，感觉自己站到了世界之巅。那是田中先生请我共进午餐，在一家顶级餐厅里面对面地进餐呀，我怎么能不激动？那时候我还不明白当时自己受到的礼遇都不是冲我自己，而是借了田中先生的光。唉，真是只有更傻，没有最傻，说的就是我。

我决定给自己来点儿应得的奖励，从田中先生的言行里，我看到了那么一点儿赞赏的意思。直接说吧，那时候我根本没有意识到自己是如此愚蠢。晚上十点的时候，我冲了个澡，换了衣服，穿了套帅帅的休闲西装、白色翻领衬衫、一双品相出色的鞋子（这点很重要，别人要是由下至上打量你，鞋子是第一个被注意到的，至少对男人来说是这样）。我去了六区的一个地方，我们叫它“布莱克酒吧”，那是很前卫的一家店，连里面的装修设计都引领了一时的风潮。这种地方的门票通常价值不菲，得有熟人介绍才能进去。本努瓦使出浑身解数把自己弄了进去，然后给我发来一张邀请函，意思就是：如果这次的发现之旅还不错，我可以提交一份申请，变成常规会员。如果我提交的材料能引起这家店的管理者的兴趣，那么我一次性交付 6000 欧元之后，就有了一年的常规会员资格。到目前为止，我还不是很想成为这个会员，本努瓦的精彩描述没有绑定我的思维，即便布莱克酒吧会员的身份给他带来了不少便利，我也没有很想入会的意思。这是一个俱乐部性质的酒吧，很私密、很上档次，这里的人不跳舞，不胡吃海喝。简单来说，大家都绷着，因为身边有其他人，大家像傻子一样说笑，或是自来熟，和谁都称兄道弟，“嗯，我跟你说，兄弟……”

就是这种模式。除此之外，布莱克酒吧还聚集了一些重要人物或者一些重要人物的代理人，这些人差不多分布在世界各地。对我来说，这儿不是个放松的地方。但是，好吧，这儿和我这双漂亮的鞋子、这身帅气的行头，还有这件很贵的衬衣还是很配的。

过了安检，出示了身份证，说了本努瓦的名字，我终于进去了。我表现得很淡定，像是一个见多识广的绅士，从容地走进了大厅。把自己假装成常客，满眼厌烦地打量着室内的装饰。墙壁上包了一层锡质壁纸，花纹凹凸有致，很有艺术感，这些一定价值不菲。本努瓦之前和我说过，这家店请的是一个非常有名的纽约设计师，名字我不记得了，总之很高端。感觉有点儿累了，我找了张紫红色天鹅绒的矮靠椅坐下。我看了一下周围，时间尚早，已经有十几个会员坐在这儿了，而我是唯一一个单独行动的。不一会儿，一个穿着考究、举止优雅的亚洲美人出现在我面前，一开始，我以为她是布莱克的会员，但是很快，我就推翻了这个想法：

“拉马尔什先生，您想来点儿什么？酒、果汁，还是饮料？我们有一个专门的威士忌酒窖，您需要我们的进门卡吗？”

“不用了，来杯威士忌吧。我相信您的选择，我喜欢尝试。”我亲切有礼地回答。心里想着：亲，你对这儿一无所知。算了吧。

“三得利响牌 21 年[①]怎么样？非常棒。不加冰？”

“当然。”我点头表示赞同，使劲儿记住酒的名字，尽量表现得很平静，田中先生的身影突然出现在我的脑海里。

我应该马上意识到这款来自日本的威士忌是世界上最好的威士忌之一。

十五分钟过去了，我一直表现得像是只关注自己的智能手机，皱着眉头，表情严肃，恼火地摇头，简单地说，就是想让别人觉得我是一个非常繁忙的人。

---

① Suntory Hibiki。

一条裙子出现在我的视线里。裙子的主人身材不错，脸蛋儿也漂亮迷人，手里还拿着一杯酒。她开口了，这是一个知道自己想要什么的女人，她问我：

“您想一个人，还是想找个人陪？”

“能有美人相陪真是再好不过了。”我边说边站起来，请她坐下。

塞西尔看起来差不多三十出头，实际上，她应该有四十岁了。半长的头发染成了金色，显得她的脸庞越发迷人。她直爽开朗，言语幽默机智，整个人生动而有活力，让我觉得很不一样。而后我突然明白了，她是想知道我到底是谁，因为她之前从来没有在布莱克见过我。聊了半个小时，喝了第二杯威士忌之后，她终于认识到目前的我对她来说还没什么价值，所以，她也放松了下来，因为没必要继续刚才的“公关”工作了。

塞西尔的工作是高难度的，同时也是高回报的，她的工作是尽可能地在各个领域建立人脉。在她的眼中，将来有一天，我可能会成为她的一条人脉。事实上，塞西尔就是一位超级公关，十分谨慎，在必要的时候，为了会晤，为了生意，为了与钱有关的事情，为了影响力，为了权力，她会毫不犹豫地牺牲任何东西。如果有人认为以上这些还少了一点，就是情色交易，那么他们想错了。一笔钱，一项权限，之后，情色交易是水到渠成的必然，而并不是她最终的目的。不管怎么说，我们在一起的这不到一个小时的时间还算得上是一段不错的时光。我承认，我很满意，甚至有些飘飘然，因为这位美丽的女士有气质、有智慧、有职业修养，当然，也因为她认识好多重量级人物，所以在我眼里，简直魅力超群。接下来的事情就没什么说的了，塞西尔对我表现出兴趣，而我也是。

我们没去我的车里。她从包里拿出了一盒漂亮的烟，在给我之前，她自己先吸了一下。当然，我之前吸烟。但是那种成瘾的感觉让我很不喜欢。但是，那天晚上，烟对我来说好像是记忆中必不可少的一部分。

塞西尔的房子很不错，是一套复式公寓，坐落在讷伊。两杯威士忌下肚，我们又聊了几句，然后就慢慢聊到床上了。那天晚上，要怎么说呢？其实也没什么。她好像对我没什么特别的感情，只是例行公事而已，但是当时我并不知情。其实性对她来说是工作的一部分，就像会说四种语言一样。

我半梦半醒的，居然睡着了，但是第二天一早就醒了。塞西尔站在我身边，亭亭玉立，看起来已经洗了澡，上了妆，显然，她一分钟也没睡。看到我醒了，她开玩笑地对我说：

“我给咱们准备了早餐，棒极了！”

在我听来应该是这个意思：“真有意思！起来吧，喝杯咖啡，然后赶紧走人。”这招我也用过，所以我听了这话真是一秒钟也不想在这儿停留了。

其实一些小细节让那个晚上“令人难忘”。我们天南海北地神聊，我从手边的水果篮里拿了颗草莓，然后说：

“将来，在樱花盛开的季节，我一定要去一趟日本，看看盛开的樱花，就是樱桃树的花，欣赏它们短暂而珍贵的美。”

“呃，我比较喜欢草莓。樱桃真是不怎么样，除了核就没什么肉。”

真是无话可说了，这真是我听过的最蠢的说法。我脑子里只有一个想法：赶紧喝完咖啡走人。

仓促而不公允的评价，我听过比这个蠢得多的想法，很多。但是，那一瞬间，我突然明白了田中先生的意思，欣赏一朵美丽却脆弱的粉色小花，看着它盛放，心中却明白它几天后就会凋谢，整整一年之后才会再次开花。

塞西尔带来的不愉快，或者说，因为她像我当时一样没有意识到对方不快所带来的不愉快就这么烟消云散了。可惜了。

我需要花很长的时间去明白“爬行者”这个词。后来，我终于明白了，我害怕站起来，因为爬的时候根本不必担心摔倒。毫无疑问，正是因为这个，我才一直是个“爬行者”，虽然自己没有意识到。站起来，迈步前进会使我害怕，因为站起来之后，很难保持平衡，我们会失去平衡。但是，走路前进，这才是生活。

尤达大师
莱昂诺尔，
为了生活

几个月之后，一个周五，我看到安日尔夫人在认真地打电话。就用在学校学的那点儿英语，用自己带着浓重法国腔的口音，安日尔夫人却能很好地和我们非法语区的客户保持沟通无障碍。她看起来很严肃、很紧张、很认真地听着对方的话，并且时不时地说一句“嗯”“哦”什么的，刷一下自己的存在感。我进了自己的办公室，想着如果她遇到问题应该会来找我。她肯定一会儿就得来，因为看她的神色，我觉得她一定是刚刚听到了什么坏消息，私人问题。她来了，声音干涩：

“保罗先生，呃……刚才跟我通话的这位女士昨天晚上和今天早晨都给我打过电话。她住在美国，现在那边还是深夜，她还差 5000 欧元，是为了去曼谷给她儿子做手术和化疗，是脑部肿瘤。孩子才三岁，她恳求我们先帮她垫付。我和她说我们没有这个惯例，她提议我们可以拿她的房子做抵押。哦，她是个单身母亲。”

很感人，但是，我和本努瓦早就制定了一条明确的行为准则：我们不是慈善协会，我们不是来拯救世上的苦难的。每周都有各种穷苦顾客，我有一套专门应对这种情况的说辞：

“听着，安日尔夫人，好，她很可怜没错，但是我们不是无国界医生，好吗？还有些人特别会演戏，擅长赚人眼泪，对此，您和我一样清楚。无论怎么样，我们只是一个私人性质的公司，我们的目的是提供服务，获得收益。因为我们，很多病人都重获健康。而且，像这位女士这种人也不会想着买肉的时候对老板说自己没钱吧？”

她看了我一会儿，继续为电话里的女士争辩，声音冷静沉着：

“您说得对。但是肉太贵的话，我们还是买不起，毫无疑问，她就是这么做的。并且，眼睁睁地看着自己的孩子走向死亡更令人难以承受。好了，我打赌这位女士绝对没有说谎。”

“安日尔夫人，每周都有上百万的儿童走向死亡。”

“也就是说，我们即使能救一个孩子也没什么用？”

短暂的沉默。她说这话的时候没什么不高兴，我以为这场争辩就这么结束了。之前说过，那个时候我不了解女人，我一点儿也不明白她们在某些问题上的执着。

“保罗先生，您年终的时候会给我和艾米丽发年终奖吧？”

我放心了，因为事情回到了我能掌控的范畴。

“肯定的，但是我还没有算收益率，还得等年终报告，但是每个人的奖金应该在 3000 欧元左右。”

“谢谢。”安日尔夫人笑了，“确切数字很重要，我不要这些奖金了，把钱都给这位夫人，现在只差 2000 欧元了。”

听了这话，我有点儿恼羞成怒，又有点儿感动。要是安日尔夫人在这条路上继续走下去，那就成圣人了，一个一贫如洗的圣人。

“她叫黛丝·迈克吉尔，她儿子叫约瑟夫，小名乔？”

黛丝、约瑟夫、乔，这些名字在美国并不少见，我真是蠢到家了。

玛丽·简·巴顿，美国亚拉巴马州的单身母亲，希望能筹集一笔经费。她十二岁的儿子，乔伊，得了中毒性肝炎，正面临着死亡的威胁……田中先生，和他脆弱而美丽的樱花。

一个充斥着死亡、痛苦和各种难闻的气味的房间……黛丝女士坐在自己的床上，瘦弱不堪，用“皮包骨”来形容一点儿也不为过。她身上各种输液的管子都被拔了下来，散落在地上。黛丝夫人的头枕在我的肩上，深深地叹了口气，然后，在我怀里倒了下去……“孩子，没什么可怕的。”

征兆，还是征兆，但是当时的我视而不见。我觉得自己害怕这一切。当人们看到征兆，并且明确知道这就是一个征兆，如果不做出回应的话，我们会有负罪感。但是，我没想回应，还没有这个想法。当时我很害怕，但是又不自知。说到底，我没有意识到。我害怕在明白了这些征兆，注意到了脚下指引方向的小石子之后，自己会变。就是让我放弃一个自己熟知的东西，我能掌控的世界，之后去另一个自己一无所知的世界，另一个星球，完全未知。

没来得及细想，我听到自己说：

“好了，您的奖金还是自己留着吧，安日尔夫人。您的举动十分感人,但是您拯救不了世界上所有的苦难。我们可以贷款给这位女士，这笔债务分两年还清。但是下不为例，安日尔夫人，我强调一下，以后遇见类似的情况就不要再和我说了。”

“好的，谢谢您，保罗先生。”说完，她走了出去。

我不知道她的意思是我做得好呢，还是想说“好，我明白这违反我们的规定”。而且，我甚至不确定我那个时候想没想到这个问题，我只是想结束这一天繁重的工作。本努瓦和斯蒂芬妮请我去他们在诺曼底的房子一起过周末。

在那儿，我把自己领悟到的东西重新思考了一下。我觉得安日尔夫人心里很清楚，我需要时间去明白一切事情：是的，她不能拯救世界，但是她刚刚救了一个叫乔的小男孩。如果我们当中的每一个人都是一粒沙或小石子，那么我们就能造就一座巍峨的大山。接下来要说的可能听起来有些荒诞，但是在我的内心深处，我相信，如果没有发生在办公室的那一幕，那个周五，如果没有另外一位黛丝夫人，如果没有另外一个叫乔的小朋友，如果他们没有闯进我的生活，我可能就会把现在引领我的生活、使我的生活变得无限美好的尤达大师忽略了。事实上，不是我将错过她，是她将不会看到我。莱昂诺尔大师有一堆小触角，她用嗅觉去感知他人。如果一个人的“气味”不能引起她的兴趣，那么，这个人就不会入她的眼。这个人在她眼里，和停在斑马线旁边的一辆车、一座移动信号发射塔、一张长椅、一个邮箱没有什么区别。简单来说，就是在她眼中成了一个摆设。

三个月前，斯蒂芬妮生了个宝宝，取名叫托马斯。本努瓦马上变身成一个欣喜若狂的奶爸，感觉在小托马斯出生之前，他已经有过二十五个娃了，因为他对所有关于宝宝的事情都了解得一清二楚，完全是专家级别。他给斯蒂芬妮提了数不清的建议，斯蒂芬妮一直笑着，不停地点头表示赞同。我真是开始崇拜她了，如果我是她，也许就把本努瓦扔玫瑰堆儿里扎一扎了。本努瓦向我灌输母乳喂养的重要性的时候，我问他 ：

“难道你觉得斯蒂芬妮不了解这个，她不是因为这个才给小托马斯哺乳的？难道她坚持母乳喂养就是为了半夜多醒几次，多穿戴几次哺乳内衣，或者是想把自己的上衣弄得都是奶渍？你是个皮肤科医生，不是妇产科的,也不是儿科的。麻烦你别把我们折腾得产后抑郁了，谢谢。”

“哦，我知道我有点儿夸张了。”本努瓦的情绪有点儿低落，“但是，我控制不了自己。这是我第一次当爸爸，我希望一切都是完美的。你不了解这一切对我来说意味着什么……一开始是斯蒂芬妮，现在是托马斯……好了，我试着让自己冷静下来，至少周末这两天要冷静下来。”

他没冷静下来，至少在我看来是这样的。

周六就这么过去了，轻松愉快，悠然自得。我们都有点儿累了，需要休息一天。我们三个进了厨房。本努瓦一直都不知道煎鸡蛋之前要先把蛋壳打破，这样说有点儿夸张了，其实我也不是什么专家大厨，但是我是一个好学徒，因为我对厨师长言听计从。晚上，我们懒洋洋地靠在沙发上，看了两部不错的电影，然后十一点左右就各自回房睡觉了。斯蒂芬妮在自己的卧室和宝宝的房间之间来回走动，有点儿乐此不疲的意思。

第二天，吃过早饭，我提议去附近的树林里走走，因为空气清新，阳光也好。但是小托马斯一直很不安分，本努瓦和斯蒂芬妮也放不下他，于是我只好自己去了。

那时候是 11 月初，正是采蘑菇的好时候。鉴于我根本分不出来哪些蘑菇是可食用的、哪些是有毒的，所以我觉得还是把采蘑菇这件有意思的事儿留给别人做吧。我吃蘑菇就满足了，就不采了。林子里香气袭人，我喜欢这种有些厚重的味道,混合着泥土和落叶的芬芳。我碰到了几个拿着小刀和篮子采摘的人，大家愉快地打招呼。这跟巴黎一点儿也不一样，在巴黎，人们之间完全是防备和陌生的。

突然，在我右边，响起了一个女人的尖叫声，她的声音里充满恐惧。愣了几秒钟,我才弄明白发生了什么，一个十岁左右的小男孩儿哭着站在路中间，神色慌乱。在他面前大约十米的地方有一条大狗，应该是罗威纳犬和法国博美犬的混血，大嘴张开，露出森白的牙齿，目光凶狠，发出粗重的吼叫声，全身的肌肉都紧绷着，似乎下一秒钟就要扑过来。附近又是一声尖叫，我迅速转过头，一个年轻的女子颤抖地靠在一棵树上，应该是那个孩子的母亲。

我慢慢地向孩子靠近。计划进展得不错，我没有别的办法。我把孩子推到自己的身后，自己独自面对这条大狗。他的母亲一直在颤抖，根本不能指望帮上什么忙。我也不知道对面的这条大狗要是朝我扑过来的话我应该怎么办。一时间脑子里都是关于凶狗和疯狗伤人，导致成人死亡的事件。事实上，这种事件十分罕见，但是却撩人神经。也许它会咬我，但是我不是个小物件，我一定要掐住它的脖子，让它透不过气来。没必要多说，我处于劣势，绝对的劣势。突然，在我的左边响起了一个女人的声音，严肃、轻缓，还带着点儿喘息：

“嘘……它被吓着了，这条狗，所以，它现在是危险分子。从它的耳朵和弓起的脊背可以看出来，它随时会攻击人。它瘦得只剩皮包骨了，很明显一定是受到了虐待。什么都不要说，不要尖叫，不要有过激的动作，别招惹它，别看它。”

这时候，我注意到这个声音有一点儿英国口音。我拉上身后的孩子，偷偷地看着面前的大狗，并不敢回头去看声音的来源。她走到了我前面，很高，很瘦，却有一个厚实的肩膀，穿了一件粉红色的长袖T恤，一条训练裤，脚上一双橡胶靴子。一只手拿着一个装满牛肝菌的篮子，另一只手里拿着一把刀，好吧，至少她是有武装力量的。

“我……好了，女士，您不要靠近。”

“嘘……没什么可怕的。你站着不要动……嗯，就待在原地。”

她歪着头，迈着小步向那条大狗靠近。我注意到在黑色的毛皮之下，眼前这只猛兽的肌肉全都绷紧了。它会朝这个女人扑过去，但是，不知道为什么，它一直没有动。

在场的另外一名女士，孩子的母亲又发出了一声尖叫。我转过身，又生气又担心，咬着牙说：

“闭嘴！”

那个英国女人，有一头浓密的鬈发，古铜色，不是很长。她一直低着头前行，现在，她距离那条大狗只有五米了，她动作轻柔地在它面前盘腿坐下。盘腿！在这条狗面前盘腿坐下！她放下了手里的篮子和刀，伸开手，掌心朝天。我的天，她怎么能把刀放下！

“嘘……嘘……乖……没什么可怕的，嘘……”

她的声音温柔冷静，声音不大，然后，还是不看狗的眼睛，一直轻柔地说着什么，并且发出小狗般的叫声。我在这条黑色的罗威纳犬眼里看到了吃惊和迷惑，低吼声变得断断续续，嘴唇放了下来。它低着头，仿佛有些犹豫不定，然后向前走了几步。英国姑娘继续发出小狗般的叫声，它又向前走了几步，现在就在这个英国姑娘面前一米的地方。我有些慌，时刻准备着冲上去救人。

“没什么可怕的……”

大狗用鼻子嗅了嗅她，有些迟疑，它又闻了闻她伸开的手掌。然后不可思议的一幕出现了：它坐在了她的对面。她等了一会儿，然后伸出手去抚摩它。然后她慢慢地站了起来，朝我走了过来。那个时候我突然意识到我对眼前这个姑娘一见钟情了，人生第一次体会到了爱的滋味，她超越了美丽。她太高了，肩膀太厚了，屁股也不翘，脑门也太高了，下颚对于一个女人来说有些太夸张了，但是她在我眼中就是世界上最美的女人。她整个人都在发光，美得令人目眩。

她怎么能连续说了三次黛丝夫人的话呢？“没什么可怕的”，先是对我说，然后是对那条大狗说。一天晚上，在旧金山的一所监狱里，扎克牧师得出的结论。

年轻的母亲朝自己的孩子跑了过去，她吓坏了，跑得气喘吁吁的：

“你没事儿吧？你没事儿吧，亲爱的？”

内心的害怕让我们做出愚蠢的举动，这样的举动不论是对我们自己，还是对我们的亲人来说都是十分危险的。这位母亲把自己的儿子留在了一条被人类激怒了的凶猛的大狗面前。恐惧会催生危险。

大家肯定猜到了，这条大狗就是现在和莱昂诺尔形影不离的楚伊。

这个英国姑娘说：

“我叫莱昂诺尔·斯庄。我有一栋房子，离这儿大约三十千米。我是到这儿来游玩的。这儿有很多蘑菇。”

“嗯，保罗，我叫保罗·拉马尔什。我朋友在这边有一座别院，离这儿大概五百米远。你刚才真是太勇敢了，但是有些冒险。”

“为什么呢？”

我看了看蹭着她的腿站起来的狗，现在它完全不一样了，满脸的不安，和一只小卷毛狗一样。被救的孩子和他的母亲匆匆忙忙地走了，甚至没有想到要谢谢这个英国姑娘，谢谢我。但是也许那个年轻的母亲在放开孩子的时候也想去救他的，但是恐惧会催生真正的危险。还有，更有甚者，恐惧会让我们感到羞愧。

“嗯，那时候它看起来就是要攻击人的。”

“哦，它是会攻击的。它被吓着了，它需要安抚。要让它知道没什么可怕的，所以没必要对一个并不存在的威胁发起进攻。”

她刚刚用了三句话总结了我和扎克一夜的交谈。我突然很想再见扎克一面。

“呃……现在我们该做些什么？我说的是这条狗。”我问道，没有意识到不知不觉中我已经在说“我们”了。

“这个得让它自己决定了。”她说道，“来，我的车停在路边。”她垂下眼睛，看着狗狗，很认真地询问它的意见：“你要跟我们一起吗？”

说完，她向前走了几步，这只大狗迈着小步就跟在她身边。我们一起上了车，一辆老吉普，像是第一次世界大战时候的车。这条大狗毫不犹豫地跳上了后座，她对我说，她给一些公司、一些法国银行还有一些保险公司做翻译工作。

我们去了一个兽医诊所，她的猫正在那里接受治疗。在那儿，我们确定了这条混血罗威纳犬没有植入宠物信息芯片，它的年龄是三岁到四岁。它身上有伤，肯定是被人打的，也很瘦，比这个年龄、这个品种的正常狗狗要轻 5 千克。莱昂诺尔毫不犹豫地宣布：

“我要养它，我不想让它再回到原来那个浑蛋主人那儿了。你也看到了，他们是怎么对它的。”

兽医是一位有着一头棕色头发的高大男子，他的声音冷静而威严：

“我觉得它还不错，莱昂诺尔。我们赶紧给它植入宠物芯片，然后领宠物证。这样的话，要是它之前的主人来找，这只狗也是你的了。如果他坚持的话，给我打电话，我会给你出示一沓巨额的需要交费的动物医疗单据，是补助之外的。根据我的经验，在这种情况下没人会坚持，当然，我什么也没说啊。”

我觉得这个男人简直帅呆了。莱昂诺尔转过头，对他露出了一个迷人的微笑，有点儿遗憾，微笑的对象不是我。兽医又开口了：

“但是你可以再考虑几天，毕竟这是一条大型犬。心理上，需要足够的耐心和决心，而且它吃得也不少。再者，看它的样子，我怀疑它没有打疫苗。好了，老规矩，我们先把它安顿好。”

我明白了他的言外之意。莱昂诺尔应该不是个有钱人，这个兽医愿意让她先赊账。我突然感觉无地自容。一个生病的小男孩儿，一位焦急的母亲，我的同事为了让我允许他们先赊账愿意放弃自己的奖金，而我呢，非要走到这一步才同意他们赊账。保罗，你真可悲！

“不用，请您马上给它弄个芯片，然后再给它打个疫苗吧。”莱昂诺尔瞬间就做出了决定，对着兽医又是一笑。

我觉得有点儿过意不去，于是说道 ：

“呃……毕竟，我才是这一切的导火索。呃……费用我来承担吧，算是给它的见面礼。”

她的视线终于转向我，我的心高兴得快融化了。她的目光里没有感激，也没有其他东西，只是单纯地看我。我突然有种感觉，她真是第一次见我这种人。

据莱昂诺尔说，楚伊一直战战兢兢的，所以它有潜在的攻击性。狗的大脑没有人的大脑发达，经过训练之后，我们的大脑皮层能够控制或是驱散恐惧，最初，这需要每天训练，爬行动物脑回路和大脑边缘系统。但是这种训练对它们不起作用。从某种意义上来说，这也是件好事儿，因为它们是我们生存本能的源头、情感的源头、对环境适应能力的源头以及记忆的源头，等等。大脑皮层支配着思想和语言，它建立并且了解逻辑和广义上的道德。它能知道其他地方的事情，去分析，去解决。问题是，大脑这三部分之间的交流太困难了，甚至可以说是不可能的，这就解释了为什么有时候我们明明理智上什么都明白，却又做出十分冲动又不合时宜的举动。爬行动物不明白这些所谓的理论，它们会使我们害怕，想掉头跑掉或是对它们发起进攻，当然，这些视情况而定。另外，我们的手不应该归大脑皮层来支配。事实上，举个例子，当我们理智上决定要自杀的时候，大脑其他两部分，尤其是属于爬行动物脑的那部分，会反抗这种意识，让我们生存下去。

事实证明，我的爬行动物脑回路、大脑边缘系统和大脑皮层之间的交流失败了。

从诊室出来，我们站在街边，感觉有些奇怪，只有这条大狗像是找回了自己的最佳状态。突然，这个英国姑娘对我说：

“我请你吃午饭吧？没什么好东西，但是我摘了好多牛肝菌，我们做一个煎蛋沙拉？我得找一瓶好酒，可以尝一下自己家里做的奶酪和果酱。”

“很高兴能接到你的邀请。呃，我一会儿得给朋友打个电话告诉他们一声。”

她走开了，给我留出了空间打电话。

可能我说得含含糊糊的，不太清楚，于是本努瓦问我：

“你没事儿吧？”

“没事儿，很好，非常好。”

“就是说，你弄了一条巨型犬？”

“不，不是……”

我又费了一番口舌。

“啊，啊……”本努瓦笑喷了，“一个英国姑娘，怎么样啊？”

“很让人意外，但是问题不在这儿。只可意会，不可言传。”

“哦哦，天哪！”本努瓦的口气充满戏谑，“嗯，好吧，你吃完午饭回来找我们，我们晚上七点回巴黎。”

都说男人一般来说对居家的这些东西都反应比较迟钝，他们注意不到什么东西，我觉得应该是男人们实在是没兴趣去关注这个衣柜或是那个墙纸是什么颜色的。但是在来到莱昂诺尔家的时候，我突然以光速开窍了。那时候我觉得这个家里的每一个细节都印到了我的心里。这条大狗的表现让我吃惊得不行。等莱昂诺尔开门的时候，它就站在旁边，摇着尾巴，像是回到了自己家一样。

莱昂诺尔俯身温柔地跟它解释：

“嗯，我不知道你喜不喜欢猫，我养了一只安哥拉长毛猫，它的名字叫贝拉，我很喜欢它。所以，你要和它好好相处哦。”

说着，她解开了它脖子上的项圈和皮带。这是之前那位好心兽医的友情赞助。

“它们第一次见面，可能还是拴着它比较好。”我有点儿不放心。

“我不这么觉得。如果拴着它的话，它会觉得自己处于劣势，它知道我是出于害怕才这么做的，于是，它就会变得非常有攻击性，因为它不知道要怎么做。我害怕，所以它也害怕。这种害怕是能感觉得到的。”

好吧，你都这样说了，就这样吧。之前我看到过好多次猫和狗纠缠在一起，想把它们分开可不容易，还要防止自己被误伤。我们走进了一间很大的客厅。一只黑色的安哥拉长毛猫卧在一张矮几上，微笑着（说一只猫在微笑有点儿不靠谱，但是我确定，它真的在微笑）等着自己的女主人。我感觉到身边的狗突然紧张起来，发出低沉的吼声。眼看着它朝那只猫扑了过去，我惊叫了起来，莱昂诺尔也马上轻柔地说着“嘘——”。贝拉看起来被这个突如其来的变化惊着了,就那么看着这条狗，一动也不动。狗狗的大嘴停住了，距离贝拉的头也就不到十厘米的距离。接下来的一幕更神奇，贝拉张开嘴，叫了一声，似乎在表示谴责。狗狗看了看贝拉，贝拉转过头来看着莱昂诺尔，好像在对眼前发生的超现实主义的这一幕求个解释。一般来说，贝拉应该害怕的，它应该喵喵叫着跳开，然后狗狗在后面追它，如果被狗狗抓到，它就死了。

但实际上完全不是这个画风，因为贝拉一点儿也不怕。它看起来一点儿也不受影响，而对面的大狗也像是开了个玩笑。人和动物是无法进行比较的，但是很多时候，动物的行为和人的行为很相似，这些行为是十分珍贵的教材，尤其是最基础的行为，比如说恐惧。

“狗狗，欢迎你！”莱昂诺尔笑了，“来吧，一会儿我给你来点儿吃的，你需要吃点儿东西。这次咱们先吃点儿猫粮搭配格鲁耶尔奶酪。以后，一切都会给你准备好的。今天晚上，我们两个一起洗澡，你闻起来臭臭的，皮毛看起来也暗淡无光，我觉得你身上一定长满了跳蚤。”

说着，她脱掉靴子，我注意到她穿了一双绿色的厚羊毛袜，在我眼里真是可爱极了（我知道这么说有点儿傻，但是我真的清楚地记得这些）。

我觉得那时候我一定跟遭到电击了似的。莱昂诺尔一定从我的表情里察觉到了什么。就像散落的电线，多年以来一直通电的电线，刚刚终于集中到了一起。巨大的冲击让我陷入了迷茫。脑子里乱成一团：无数人在脑海里闪过，扎克、田中先生、黛丝夫人、莱昂诺尔、斯格瑞芬法官，甚至还有这条大狗。我明白这一切的解释和解决办法在于这场情感的蔓延，在于记忆，在于那些自己根本没走心、没明白、没感受到的所见所闻。

一个人，一条狗，一只猫，全部化身莱昂诺尔的追随者，跟着她进了厨房。厨房很宽敞，装修得很简单，但是确实是一个让人觉得很舒服的厨房，一进去就有要做饭的冲动。所有的一切都是这个画风，和莱昂诺尔一样，让人觉得心旷神怡。明亮的房间，家具和地毯并不奢华，但是很漂亮，因为有人欣赏它们，维护它们。两张水牛皮的长靠背椅，皮面上有轻微的划痕，但是依然能看出曾经的辉煌。然后就是书，木制的书架上摆满了书，像图书馆似的。地上散落着好多脚凳，皮质的、针织的、亚麻的、天鹅绒的，应有尽有。

大狗坐在地上，耐心地等着，眼睛追逐着莱昂诺尔的身影。在几分钟的时间里，她就成了它的主人和救命恩人。它的短尾巴快速地在地面上来回扫着，一边吃着自己饭盆里的食物，一边不时地瞥我们一眼，它很不安，它不确定这些是否是给它的，不确定我们是不是要把这些食物都给它。莱昂诺尔轻声地向它保证，它放松了下来，躺到了黑白相间的地砖上，吃饱了，满足了。我靠着墙，看着莱昂诺尔准备午餐，不时地问她：

“需要我帮忙吗？”

每次她都会笑着对我说“不用”。

说实在的，自从卡特琳娜姨妈过世之后，我再也没看过女人做饭。除了斯蒂芬妮，但是那不一样，她是给自己的丈夫做饭。我的意思是没看过别人“给我做饭”。

坦白说，也不是没人给我做饭，只是在这之前，我没这样想过罢了。但是那个时候，莱昂诺尔的动作在我眼里美得像芭蕾，令人沉醉。好吧，我被她的魅力迷住了，简直可以说是神魂颠倒。

牛肝菌煎蛋卷，茴香籽沙拉，红酒，面包，奶酪，李子酱，我觉得什么都好吃。沙拉盆给我留下了深刻的印象，那是一个看起来有些年头的老物件，应该是在旧货市场上淘来的，一个灰蓝色和米色相间的彩釉陶盘，上面有不少划痕，应该是久经沧桑了。莱昂诺尔的电话响了三次，每一次电话响的时候，她都笑一笑，然后说：

“我一会儿打回去。”

我们聊啊聊，我跟她讲我的生活，简单，自然，好长时间都没有这样的感觉了，尤其是在一个女人面前。一时间，那些被我深埋在心底的东西突然涌现在眼前，那些小插曲，那些故事，那些相遇。突然，脑子里那些毫不相干的东西不可思议地紧紧联系在了一起：卡特琳娜姨妈、扎克、黛丝夫人、田中先生，还有眼前的她。

听起来有些荒诞，但当时我的脑子完全被这样的荒诞占据了。我想我会站起来，然后一把把莱昂诺尔紧紧抱住。她是这一切的导火索，神奇的导火索。这种巧合不止一个，要是我在本努瓦的度假公寓周围见到拎着一篮子牛肝菌的她，我想我依然会为她着迷，她在我的心里打开了一扇门，我几乎认定我们的相遇是早就注定了的，是命运的安排。

我把心里的想法说给她听。起初，她有些犹豫，然后就慢慢放开了。我完全沉浸在她的话语中，同时，我在心里问自己，什么时候对另外一个人的生活这样着迷了，答案是从来没有过。有时候，她会停顿一下，想找一个合适的词来表述，这个时候，她会把手掌张开，伸向我，这个动作对我来说显得亲切极了。一两次之后，她湛蓝的双眼里满是感伤。她闭上了眼睛，晃了晃头发，低声说：

“不，没事儿。过去之所以重要是因为它缔造了现在，就在这儿，你和我。这证明过去虽然痛苦，却又弥足珍贵。”

在这里就不讲莱昂诺尔的经历了，我不适合讲。只能说这几年她的精神状态不是很好。她比我大两岁，出生在伦敦，很年轻的时候就义无反顾地结婚了。这些是我从她的讲述中知道的，剩下的就得她自己来说了，或许我说也可以，如果她想这样的话。在给她讲我第一次去旧金山的经历（当然包括牢房里那一段）的时候，她大笑出声，然后，她严肃地说：

“应该回去见见扎克，保罗。”

“他从来没给我回过信，我觉得他应该是把我忘了。”

“不会的，他那样的人是绝对不会忘记自己撒下的那些指引方向的小石子的。是把它们收集起来，还是对它们视而不见，全在你。”

她居然用了“小石子”这个词，而我居然一点儿也不感到惊讶。就在几分钟的时间里，我突然有种感觉，觉得自己在奋力向前追寻一些生命中迟到的东西，具体是什么我自己也不是很清楚。八年来，那些出现在我生命中的不一样的、特殊的人，为了帮助我，在我的脚下撒下了那些指引前进方向的小石子。我看到了这些小石子，看到过很多很多次。因为我匍匐前进，所以我可以清楚地看到地上指引方向的小石子。但是我从来也没有站起来，把它们收集起来，然后利用它们做点儿什么。那个下午，我终于明白了。我站了起来，一步一步地大步前进，我不再对石子心存畏惧，不再惧怕之前惧怕的那些东西，尽管之前我并没有意识到自己内心的恐惧。那时的我就像是一个在沙漠中漂泊多时、完全脱水的人，突然掉进了一个充满清水的泳池。

用双腿走路并不轻松，我们会失去平衡，会摔倒，会疼，但是我们会重新站起来，再次起程。重要的是，一旦我们学会了走路，就不会再爬行了。

“那条狗，你想让它叫什么？你得给它起个名字。”

“呃，楚伊？”

说着，她拍手笑了起来。

“啊！《星球大战》里那个毛茸茸的大家伙？好，

我觉得不错，我喜欢尤达。”

这个时候，钟表响起来了，八点了，怎么办？都感觉没怎么过，居然八点了。

本努瓦着急得不行，已经给我发了四条短信了。他们先走了，把我的车和旅行包拿出来了，放在外面了。

“保罗，你真是够烦的！希望这次至少是个不错的约会。”

我没这么想。我的意思是，我没想到上床。我清楚地知道，如果她愿意的话，我一秒钟也不会放开她的，有点儿疯狂，却是我内心最真实的想法。

本努瓦第二天一大早就明白了，朋友之间是不需要解释的。

“好吧，婚礼定在什么时候？显然，我们都对她好奇死了，各种想见她。”

本努瓦提到了婚礼，我却一点儿也不吃惊，然而，其实我是那种假如有个女人在我家放上她的牙刷我就立刻想跑路的类型。我笑了：

“我不知道她是不是愿意再和我见面。”

“呃……也许我应该去问问那位女士？貌似我们还不知道你们是怎么开始的。”

“嗯，可能就是一个牛肝菌煎蛋卷，一次长谈，这就是我们的开始。”

本努瓦最近一直在不停地和脱发、发福做斗争，但是收效甚微，此刻，他表情严肃得不行，像是心脏病犯了似的：

“我跟你说件事儿。我几乎想不起来在没有斯蒂芬妮和小托马斯之前我是怎么生活的……而且，我也不在意了。兄弟，我觉得现在的生活好极了。我怕我父亲，但是现在他都能让我捧腹大笑，真的。”

然后，他坏笑着对我说：

“还有，保罗，我不想让你不高兴，但是，你真的不年轻了。”

“嗯，不管怎么样，如果我们结婚的话，婚礼应该会在旧金山举行。”

说完，我自己也愣住了。要知道，我和这个似乎来自外星的姑娘仅仅相处了几个小时，我们甚至没有拥抱过，其他的亲密接触更是没有。而且，我们聊天的时候，我也没有握着她的手。

“简单点儿吧。”本努瓦调侃我。

本努瓦离开之后，我开始干活儿了。但是我的心思根本就不在工作上，思绪到处飘，总是想起莱昂诺尔，想起那间房子，想起那两张水牛皮的长靠背椅，想起煎蛋卷，想起那条狗，想起那位兽医，想起旧金山，想起扎克，想起卡特琳娜姨妈，它们交替着出现在我的脑海里。

还有一件事情困扰着我。我一直试图摆脱那些和我有过感情纠葛的姑娘，有些姑娘没有再给我打过电话，总体来说，要是想“结束”的话，还是相对容易的。但是此时，我不由自主地一直想着莱昂诺尔，想着和她有关的一切，想起那条极具攻击性的大狗，牛肝菌蛋卷，那双丑丑的绿色厚羊毛袜，还有“结婚”这个可怕的词，这个曾经让我避之不及的词，居然从我嘴里说出来了，说的时候我甚至没有意识到。保罗，冷静点儿！冷静点儿！冷静点儿！好吗？真是需要强大的自控能力，我才能使自己不去给她打电话。

中午的时候，我突然有了一个可怕的想法：或许她只是在意那条狗，临时起意请我吃饭不过是看在我付了兽医诊所的诊疗费？不，不会的，她不是这样的人。如果莱昂诺尔不想有更进一步的接触的话，她肯定会和你保持距离，对你疏离地笑笑，然后说谢谢。但是另一方面，我又是怎么知道这些的？兄弟，冷静点儿，你怎么知道她是这样的性格？你刚刚认识她几个钟头而已。不，我觉得自己已经很了解她了。

中午，我去了常去的那家小餐厅吃饭，坐在大长条桌旁，周围充斥着人们交谈、打电话的声音，但是，我似乎在这个嘈杂的环境中被隔离了，这些声音对我没有任何影响，就像我的耳朵里塞着两朵大棉花，把这些声音都过滤掉了。餐厅的老板是位胖先生，很圆滑，人很好。我的咖啡是他亲自端过来的，看到我的样子，他觉得有些不同寻常：

“保罗先生，您看起来有些没精神，您还好吗？”

“嗯，我也说不好，吉拉尔。不是上天堂，就是下地狱。”我脱口而出，没有丝毫犹豫。

他静静地看了我一会儿，什么也没有说，之后，他问：

“是为了一个女人吧？”

“或许应该说是为了‘那个’女人。”我笑了。

“哎，不简单啊。”

回到办公室之后，我感觉还是不在状态，有点儿头疼，还有点儿恶心，于是我终于有了偷懒的借口。我不断地对自己说：“亲，你就给她打电话吧，别整什么预备方案了。”但是同时，我又下不了这个决心，花了整整一个小时的时间去浏览一些我根本不感兴趣的网站。我默默地对自己说：“兄弟，你就是个傻瓜！我跟你说，别这样了。”下午四点的时候，艾米丽转接给我一个电话，说是“一位英国或者是美国的女士，名字叫莱昂诺尔·斯庄什么的”。拿起话筒的时候，我的心都要跳出来了：

“你怎么样？我想你了。我做了咖喱蔬菜、乳酪圆盘烤饼，还有英式烤雪梨酥……我不吃肉的。”

绝对不是开玩笑，那一刻我突然有要落泪的冲动。她说得好像我们之前一直生活在一起，就像有一条强有力的绳索把我们紧紧联系在了一起。我们根本不像是刚认识了几个小时，所有的交集只是在一条臭烘烘的大狗的陪伴下吃了顿饭这么简单。这一切交织在我的脑海里，但是，对我来说，只要跟她在一起，什么都是不一样的。

一盘咖喱蔬菜。我这个纯粹的肉食主义者，此刻居然觉得没有什么能比得上一盘咖喱蔬菜了。

“我这就过去。”

那一晚……呃，那一晚有点儿……难忘，那么不同寻常，那么完美，那么令人难以形容。我们相互亲吻，那种感觉真是棒极了，有付出，有收获，有敬意，有友爱。之后的一天一夜，我们用身体去诠释爱，在床第间一次次放纵。一天一夜，我们的眼睛从来不曾在对方身上移开。第二天早晨，我们筋疲力尽了，真的是筋疲力尽了，因为我们一晚上只睡了两个小时，但是我却很有精神，这样打了鸡血的状态前所未有。

“我想介绍扎克给你认识。”

“我十分渴望见到这位放小石子的引路者。”

她突然大笑起来，然后解释说：

“你的短裤穿反了，口袋应该在前面，这样才更方便。”

我到办公室的时候已经快中午了。本努瓦在办公室等我，脸色有些苍白，还有两个大大的黑眼圈，但是嘴咧得大大的，笑得像个傻瓜。显然，他想第一时间知道这一切。要怎么说呢？我觉得自己和大多数男人一样，或者说之前和大多数男人一样，喜欢在朋友面前吹嘘自己在男女感情上的丰功伟绩，有时候还要添油加醋一番，然后再说两句猥琐的评论，但这只适用于艳遇或者一夜情之类的情况，如果对方是自己的女朋友就肯定不会这样了。当性爱不但是彼此间一个美妙的时刻，而且有了其他意义的时候，我们就变得一本正经起来。忽略细节，要怎么和本努瓦说我和莱昂诺尔共度的那一夜呢？好吧，性爱是主题，极度私密、放纵，并且让人欲罢不能。但是，那是生命中的第一次，我确定自己进入了另一个人的身体，我们水乳交融，没有必要去询问，去探究。我本能地了解她的身体，知道她需要我做什么，对她来说也是一样，她清楚我是谁，我想要什么。这不是“性爱技巧”，是身体和情感上的交融，彼此都想献出自己最深处的东西。

本努瓦很快就明白了，也不再坚持要听我说细节了，毕竟他现在是一个幸福的已婚妇男，绝对不会向我讲他和斯蒂芬妮之间的浪漫之夜。

第二天，我写了封信给扎克，信很长，有十几页，没什么条理，想到哪儿写到哪儿，用了一堆的问号、感叹号，当然，拼写错误也不少，因为我的英语口语还可以，一涉及写作就不行了。我是想请扎克帮我出出主意搞定莱昂诺尔的，但是马上我就否定了这个想法。我要完成生命中的这次旅行，从自己开始，由自己结束，是扎克把我带进了这段旅程，而在旅程中，我遇到了她。所以这段旅程的终点也该是只属于我们俩的，属于我们这两个曾经的囚室室友，我们曾经在一间不足十平方米的牢房里相处了一周多的时间。那时的点点滴滴一下子闯入我的脑海，手上打字的速度根本赶不上思绪的飞驰，那是太多太多平凡却珍贵的记忆。

这些尤达大师，这些神奇的人都出现在了我的人生旅程之中，之后，我收获了那么多的喜悦，那么迫切地想和莱昂诺尔一起生活。我跟扎克说我终于看到了那些指引方向的小石子，当然，这其中包括之前他为了帮我，撒下的那些。我知道，这些年自己还有很多不足的地方，但是这些都不重要，因为我终于站起来，靠两条腿前行。

在信的结尾，我告诉扎克，对于前进得这么慢，我并不后悔，因为走过这些路之后我发现，过程比结果更重要。再者，如果不前行的话，就根本没有所谓的“终点”。我或许不是扎克最有天分、最有悟性的“弟子”，但是我还是悟到了这些。之后，又想了想，这些年，我因为害怕，压抑着真实的自己，但也正是因为这几年的经历，才能迫使自己站起来，靠腿前进。最后，结束语用的是他曾经跟我说的一句话：“一切都取决于自己，只要听从自己的本心就够了。”虽然我觉得他有可能不会上网，但还是把自己的邮箱地址、手机号，以及办公室的座机号码都告诉了他。

然而，几天之后，艾米丽转接给我一个电话，电话那头是一个美国牧师，一个叫扎克·拉蒙的家伙，我高兴得大笑出声，同时也有些意外。

那年 9 月，扎克在旧金山为我们主持了婚礼，就在他住的田德隆区，那是一个充满不安定因素的地方，必须时刻保持警惕。另外，这里还是一个各国文化混杂的地方，几乎可以品尝到世界上所有的美食。除此之外，据说这里还是旧金山杀人犯最多的一个区。

我不能口是心非地说自己一下子就喜欢上了这里，那些酒鬼，那些吸毒的瘾君子，那些因为生活中的挫折而萎靡不振的人。但是，我也不会再去害怕这些，这样的害怕简直又白痴又不理智。我的目光一直追随着一位姑娘，她应该会是一个很漂亮的姑娘，应该还不到三十岁，但此时的她明显喝醉了，肯定还嗑了药，眼神迷离陶醉，一边摇摇晃晃地前行，一边嘟嘟囔囔地说着些什么。莱昂诺尔拉住了我的手，然后握紧。我明白她的意思，这个瘾君子又是“恐惧”的一个战利品。是恐惧，或者叫不幸还是其他的什么，是它们把她变成了这个样子。这种恐惧会马上要了她的命，可能是嗑药过量，也可能是遇人不淑。

我没什么可指责她的。虽然有卡特琳娜姨妈的疼爱和帮助，但我的人生依旧是起起伏伏、跌跌撞撞，我也很有可能变得和她一样。要直面自己内心的恐惧实在是太难太难了，对此我深有体会。这需要极大的勇气，因为这需要把自己的内心全部摊开来，没人会喜欢这样做的。要把恐惧牢牢地抓在手里，但恐惧本身也并不好对付。它隐藏得很深,它还会找各种各样的理由来说服你，它的存在只是为了帮助你，为了保护你。它在说谎，因为它想确保自己对你的控制力。

和扎克的重逢有些令人吃惊。一时间，我有种昨天刚跟他分别的感觉。我不确定时光是否在他身上留下了痕迹。我紧紧地把小山一样的扎克拥在怀里，像是拥抱一个亲兄弟一样。不，应该说像拥抱一位神父一样。就是这位神父，在那样一个晚上，教我站起来，用脚走路，靠腿前行。好吧，我用了几年的时间才把它付诸实践，才能用自己身上的每一部分、每一个细胞去感受它。但是我做到了。我不再畏惧，不再把那些虚幻的恐惧放在眼里，我不再需要去证明些什么。我知道自己是谁，自己能做些什么，也清楚自己能做的有很多。我想展示自己，渴望给人留下深刻的印象，想赚钱，想受女生欢迎，想证明自己不是一个失败者，想证明自己的存在，于是我想去吸引那些跟自己毫无关系的人，这种种需要，还有另外一些损人不利己的事情，都离我远去了。我成为一个强者，我不再去想向世人展示自己，因为我清楚地知道，我是一个强者。

我们不再爬着前进，我们站起来，大步向前。我们会跌倒，然后我们再站起来，再迈步前进，再跌倒，再爬起来，继续前行。直到有一天，我们能够从容地迈步，自如地前进。当然，我们会摔得遍体鳞伤，会疼，会难过。但是，有一天，我们不再害怕，我们幸福而满足，身心前所未有地和谐。

莱昂诺尔也给了扎克一个拥抱，她双眼紧闭，像是找到了自己失散已久的哥哥。我知道，他们俩是一国的，而我，刚刚进入这个新的国度。

没有任何恶意，我只是单纯地觉得我的证婚人本努瓦并不是很能理解我感受到的这些。如果本努瓦想的话，他还有另外一个行程。也许斯蒂芬妮感受到了一丝非同寻常，我注意到了她脸上一闪而过的不一样的神情。

对于能给我们主婚，扎克非常高兴，高兴得都快赶上我了。扎克的小公寓离他工作的小教堂不远，每天有很多人进进出出，人多得让我吃惊。他们拥抱他，这个给他带一块蛋挞，那个给他带一块烤肉，有人甚至拿来自己仅有的彩绘陶罐，只为了不空手来，为了给扎克送个礼物。扎克认真地倾听他们的倾诉，安慰他们，给他们建议。而有些时候他的处理方式看起来简单粗暴，但是每个走出他的小公寓的人都平静满足。导师，扎克名副其实。

我们的婚礼上一共有十二个人。本努瓦夫妻和我们，加上扎克和一位英国女士(她是莱昂诺尔请来的证婚人，和莱昂诺尔相交已久，这位老妇人时髦又漂亮，有点儿上层人士的傲慢，但是很令人喜欢)，除此之外，还有五六个来自天主教黑人社区的来宾。他们表现得像我们的家人一样。毫无疑问，这是我参加过的最棒的婚礼，我的婚礼。

就在我们离开之前，扎克对我说：

“快点儿回来，孩子，没什么可怕的。在你像大拇指汤姆[①]一样找到那些指引方向的小石子的时候，你就明白这一点了，对吧？”

① Tom Thumb。

后记 1

我把自己手里的公司股份卖给了本努瓦，留了一部分分红。当时，他还挺高兴，因为工作量增加了，终于有了一个不错的理由可以离开那些病人，可以离开那间诊所，这是他一直以来的梦想。然而，我觉得他不是很理解我这样做的原因。他不当医生之后，我跟他说我这样做的原因很复杂。他还试图劝我打消放弃公司的念头，真不愧是我的好朋友，从来都是为我着想。公司运转得不错，盈利不少，如果我觉得工作量太大，可以再找一个人来帮忙。我不停地跟他说问题不在这儿，也不是因为别的什么，只是因为我觉得公司以后不会有什么问题了。本努瓦走了，毫无疑问，他还是有点儿生气了，因为他觉得我放弃了。我觉得那时候，我没有心情去向他讲述，向他描绘我思想上的蜕变，更不想跟他细说那些引领我走向这种变化的人，我不可思议的尤达大师们。但是我仍然觉得本努瓦感受到了我有多么幸福、多么平静、多么成熟。话说回来，我要怎么跟他说他已经不是我最好的朋友了？因为我成了自己最好的朋友。我在自己的身边这么长时间，亲眼见证了自己的成长，没错，因为在我遇到真正的自己之前，在爱上那时的自己之前，我曾经是那么害怕自己将要去发现的那些东西。

坦白说，我不知道我是找到了真正的自己还是创造了另外一个自己。但是这不重要，我只知道，我爱自己，爱他人，爱我身边的人，当然，这样说可能有点儿傻，却是我的心里话。这不意味着在必要的时候我不能守护自己的信仰，不能守护自己爱的人，守护自己，这只是意味着我不再有那些虚幻的恐惧和担心。那些虚幻的恐惧侵蚀了我将近四十年的时间，我为此而付出的代价是巨大的。我说谎、骗人，不断地失去身边的人。我支持的恰恰是那些早应该远离的人。我做了很多不应该做的事儿，有些事情今天想起来仍然羞愧不已。我疏远了那些本该去亲近的人，这一切都是因为心底曾经的害怕，它隐藏在心里，不易被发觉，却又如影随形，无时不在，所以它能轻易地让我相信它并不存在。害怕登高，害怕别人不喜欢自己（即使自己同样不喜欢他们），害怕站起来，害怕未来，害怕过去，害怕一切。

总而言之，我从来没有真正地去感受过，只满足于自己的生活，满足于把自己的恐惧转嫁给他人，把自己糟糕透顶的对抗恐惧的方法传授给别人。我害怕去看自己的内心，因为潜意识里，我知道自己不会喜欢自己将要看到的那些东西。在我内心深处，我厌恶自己，看不起自己，我也不知道这是为什么，但是我能感觉得到，这是自己应得的。

这种虚幻的恐惧从不会让我感到愉快。

这种虚幻的恐惧就像一个不入流的低级巫师抛出的一段不吉利的宿命。信则有，不信则无。它有时候比一场海啸的破坏力更强。任何时候，它都有可能促使我们做出一些不理智的行为，破坏力很强，会给我们自己和他人带来不良后果，但是当时，我们却觉得那是眼下最好的选择。它还会把我们引向仇恨、欲望，以及报复。我们会被它说服，这些举动都是正常的、正当的自我防卫，但这不是真的。它是毁灭和自我毁灭，我们却没有注意到这一点，因为相信了恐惧暗示我们的那些说辞。

对于这种来自内心的虚幻的恐惧，任何的外力都无能为力，唯一的解决办法在于我们自己。当我们不再去相信那些虚幻的恐惧，去蔑视它，它就会马上消失不见。我们会问自己，为什么这么长时间以来，我们可以这么相信这种虚幻的东西。

天色渐渐暗下来，有了一丝凉意。我们现在住的大房子有一个露台，我站在露台上，小口地品尝着手里这杯勃艮第干白。不远处，一对野鸽子在笨拙地啄着谷粒吃；成群的蝙蝠从黄杨林里飞出来，黄杨林是它们栖息的地方，密密麻麻的树枝能保护它们免受夜间猎食者的侵袭；忍冬散发出阵阵的香甜。面对着身边这个迷人的微世界，我突然热泪盈眶。随后，我看到莱昂诺尔光着脚从客厅的地板上走了过来。她结束了一天的工作，电脑已经关了，她走过来和我一起站到露台上，手里拿着一杯酒，楚伊跟在她身后。她亲了亲我的额头和脖子，然后在我对面站定，问我：

“怎么了？”

声音有些严肃，还有点儿喘，我喜欢。

我觉得很幸福，每一秒钟都很幸福，因为我喜欢现在的每一秒，因为每一秒都有意义，因为我终于不害怕什么了。

我并不是变成了一名普世意义上的信徒。可以说，我现在确信存在着这样一种力量，它是一种无敌的存在，很多人把它称为神。一种力量，一种和谐，一种层次，我不清楚到底是什么，却是我的归宿。汇入到这种力量里并不困难，当我们不再害怕，当我们明白自己几乎无所不能，但是这里的“无所不能”不包括毁灭，不包括仇恨，总而言之，不包括一切会产生虚幻恐惧的东西。

我们想冷静下来，想通过赚钱、通过买东西（买一些自己不需要也不想买的东西，只是因为别人有，所以我们对自己说自己也需要这些），来给自己安全感，来证明自己不害怕。每一次，我们面临的危机增大；每一次，我们意识到自己内心忐忑不安，这样的时候我们总会害怕，但是害怕并不能解决问题，因为危机就出在我们自己身上。意识到最大的危机来自我们自身，才能去战胜它，去消除它。所以，一切糟糕的、从未对我们有过任何帮助的解决之道就再没有了存在的理由。我们为了生存需要给他人留下好印象，对我们来说毫无意义的人际关系（但是我们会安慰自己说至少自己还有人陪），对于有一个烦人的邻居、有一个患有人格障碍的老板、有一个讨人厌的亲戚等这些恐惧,这一切的一切都消失了。我是强者，我不再心存畏惧，我心里只有自己生活中必要的东西。

你的生活很重要吗？对的，但是我的也同样重要。也许你不明确自己的方向，但是，我心里很明白，我清楚自己不会再走的方向。我知道自己现在用两条腿走路，我不会再爬着前进了，我不知道别人是怎样的，因为我不再害怕什么。

我没有什么好的建议给大家，所有的一切都在于我们自己。我们自己并不清楚这一点,但是事实就是如此。张开眼睛，打开心灵，去寻找那些给我们指引方向的小石子。它们就在那儿，就在那儿等着我们。还有一些是别人为了指引我们撒在那里的，即使我们不清楚撒石子的人是谁。我们坚定地向自己心中那些虚幻的、会把我们变成魔鬼的恐惧宣布，我们将永远不再是它的奴隶，它左右不了我们，走着瞧吧。方向就在前方，一直在。

我花了八年的时间才承认自己曾经很害怕，但并不知道自己在怕些什么。然而，我不缺线索，也不缺帮助。说实话，我觉得自己真的很幸运。我可以自己骗自己，但是我觉得对于女性来说，承认自己内心的害怕并不困难,因为女士们不会像我们一样对自己的害怕闭口不谈。我想说的是，她们会相对容易承认自己害怕。对于男人来说，很多时候这是一种“男人的骄傲”，是它让人不想承认自己内心的害怕，尽管很多时候我们对它不屑一顾。或者说我们都会害怕，这跟我们的性别没有关系，承认这一点很不容易。这与我们固执的爬行动物脑和大脑边缘系统有关。然而，无论是男人还是女人，大家承受的东西是一样的，我们唯一能用来对抗它们的，唯一有效的解决方法就是使自己拥有强大的大脑皮层，无懈可击的大脑皮层，它会去分析，去衡量，让事情步入正轨。我会害怕吗？害怕或者是其他的什么叫法，只要别显得我不是那么没把它放在眼里就行了。为什么呢？真的有潜在的威胁吗？那些典型的潜在的威胁都是由我内心的恐惧衍生出来的吗（就像和楚伊、田中先生，还有扎克的初遇）？这样说可能不太恰当。如果这些潜在的威胁是真实存在的，当然，幸运的是，在当今社会，这样的威胁十分罕见，很多时候，我们可以去消除这样的威胁。我们不是受害者，证明自己并不害怕，这样能消灭很多的冲突和危机，我们要坚定地对“恐惧”说不。

那些虚幻的恐惧看起来和真实的恐惧没什么不同。动物的本能会促使我们去发现那些危险信号，当我们害怕的时候，我们没办法表现出一副无所畏惧的样子。

我重申一下：不再害怕，不意味着变成一个满脸胡子、瘦骨嶙峋的圣贤，盘着腿坐在山上，静静地看着自己脚下熙熙攘攘的人群不为所动；不意味着去忍受那些不能忍受的东西。相反，不再害怕，意味着对不能容忍的人和物坚定地说“不”，就是“不”，就像苏珊阿姨对扎克说的那样，是真正的否定，而不是一句随时会变成“为什么不呢？”或是“嗯，好吧”的不坚定的“不”。是一句不容置疑的“不”,还是一句立场不坚定的“不”，对方一定能轻易地感受到,即使是最蠢笨的人也不例外。坚定地说“不”的同时，还要做好捍卫自己的准备。情感上如此，家庭上如此，事业上也是如此，生活的各个方面都是这样。可以归结为一句话：“你的生活很重要吗？的确很重要，但是我的生活也同样重要。”

莱昂诺尔和我说起过一个她的朋友，这位朋友的上司令他十分烦恼。这位“奇葩”上司不爱社交，控制欲极强，喜欢威胁、打压别人，毫无疑问，他肯定是有点儿心理问题。这位陷入困境的朋友叫阿兰，当时他都想辞职了，精神很不好，快抑郁了。本来是挺可爱的一个小伙子，但是现在害怕了，害怕被解职（即使这根本不可能发生，而且他也准备要辞职了），害怕自己站得不够高，害怕去捍卫自己的权益，害怕自己什么地方做错了，因为很多人都习惯在自己身上找错误，这也说明了他们的生活是多么轻易地就能被他人破坏。这些人很难去承认，很难意识到在一定情况下，我们会不理智地毁掉一些东西。每一次被刁难之后，每一次丢脸之后，他们都会在心里想自己到底做了什么,要承受这样的后果。其实他们什么也没做，问题不在他们身上，问题在别人身上,是独裁者惹的祸。这个专横的男人会因恐惧而死，因为他多多少少都意识到了自己站得还不够高，但是他想通过打压他人、控制他人来巩固自己的位置。

田中先生很少开口，偶尔开口说话也是说些樱花什么的，然而，他从来不会利用自己的权威。田中先生不会害怕，因为他很强大；扎克神父不会害怕，因为他很强大；莱昂诺尔不会害怕，因为她也很强大；苏珊阿姨未曾害怕，她是那么强大，可以独自承担起养育一个男孩儿的责任；黛丝夫人也不曾畏惧，她很强大，能勇敢地直面死亡。这些强者从来不需要向他人证明什么。他们是磐石，坚定地矗立在那儿，他们也会变成一颗一颗的小石子，给有心人指引方向。

光芒四射的莱昂诺尔非常清楚自己是个什么样的人，清楚自己能做些什么。她和阿兰谈了好久，帮他想了两三个办法。第一个办法是和这位上司谈谈，告诉他这样下去不行。阿兰清楚地知道问题出在哪里，他很看重自己手里的那点儿小权力，不想失去它。阿兰没有想到，莱昂诺尔早就料到了他的反应，于是给他提了另一个建议，这是帮他走出现有困境的最后机会了。阿兰接受了这个建议，他的迷你复仇计划实行了一个月，阿兰表现得冷静而坚定。那位上司终于崩溃了。阿兰战胜了自己内心的恐惧，而别人当初正是利用他自己内心的恐惧来对付他的。他友善地跟自己的上司说明了自己的想法：恐吓威胁别人并不能驱散自己心中的恐惧。正因为这位专横的主管心里害怕,所以才有了这样的外在表现。当然，大多数这样的人都会把这些深深地埋在心底，绝对不会承认，只有你把事实摊在他们眼前，在不得已的时候，才会有例外，他们才会承认。有些人会一条路走到黑，完全不可救药。他们已经习惯了这种控制欲，觉得可以由此找到解决问题的办法。还有些人则努力地去理解、去认同，希望得到救赎。不管怎样，都应该合法地捍卫自己的权益。恐惧有时候也来自我们的无力感，一旦我们不再害怕，我们就会变得很强大。有很多事情会让我们害怕，但是只有极少的事情会真的让我们受到伤害。

拿我来说，我害怕自己只是一个无名小卒，害怕自己站得不够高，害怕站起来，害怕自己的人生会失败。然而，我原来就是一个无名小卒，当时也没有多高的社会地位，我站起来了，当时的我也正在把自己的人生引向失败。本来，事情可能就一直照这个步调走下去了，直到我离开这个世界。回想这一切并不是一个愉快的经历。但是后来出现了……怎么说呢，出现了这些为我指引方向的小石子和尤达大师。

我向他们举杯致敬，致我的尤达大师们，致卡特琳娜姨妈，致本努瓦、斯蒂芬妮和小托马斯，致所有出现在我生命中和将要出现在我生命中的人。一想到莱昂诺尔和玛雅就在隔壁的房间，我的心里就充满了幸福感。想到她们在隔壁欢乐地笑闹着，想到楚伊躺在女儿床边，想到它肯定一会儿就睡着了，然后开始打鼾。我是那么爱他们，爱到晕头转向，爱到觉得自己心中的爱和幸福马上要溢出来了。

这个我之前说过，在这里又重复了一遍，是因为在我的旅程中出现的一个真理。当恐惧消失的时候，和它一同消失的还有控制欲、仇恨、欲望、嫉妒、不停赚钱的紧迫感，以及对死亡的恐惧，这种恐惧毫无意义，只能阻止我们做事，阻止我们前进。

我不再害怕。我大步向前。我存在于这个世界。我享受生活。

人终有一死。我们不能决定生命的长度，却能控制生命的宽度！

后记 2

春日里一个星期日的晚上，在法国一个大城市的火车站，广场上几乎没有什么人了，只有一群外国人。一个坐轮椅的残疾人对着不多的行人痛骂，言辞不堪。他喝醉了，也可能是疯了，也许两者兼有。我坐在一段低矮的墙沿上，几个年轻人在附近抽烟，烟的味道飘到了我这边。一个梳着易洛魁人[①]发型的肌肉男从我身边走过，冷冷地看了我一眼。五六个小流氓，穿着抓绒套头运动衫，手插在宽大的牛仔裤兜里，在街上闲逛，并四处张望,可能是想找个艳遇什么的。周围有几位观光客，低着头，神色慌张，似乎沉浸在自己的世界里，对周围

① 北美的印第安人。

的事儿不闻不问。两位六十来岁的女士从车站里走了出来，从她们之间说话的方式上，我看出了点儿事情。身材娇小的那位女士从自己漂亮的手包里拿出一支香烟。我注意到远处有两个打扮前卫的年轻女人，正在商量着什么。她们站起来，朝着那位抽烟的女士走了过去。当她注意到这两位年轻女人的时候，旁边身材高挑的女士的脸上出现了惊恐的表情。下一秒钟，她撒腿就跑，冲进了车站，留下同伴一个人在那儿。由于好奇，我站在自己的位置没有动,但是已经做好了给她们调停的准备。两个年轻的姑娘站到了正在抽烟的那位女士面前。其中一个姑娘口气傲慢地问："还有烟吗？"女士平静地看了她一眼，说："夫人，请问您还有烟吗？"听到这儿，我知道用不着我去调停什么了。她不害怕，和逃跑的那位相反，不知道为什么，这位女士没有害怕。她没有去想最坏的结果，或者也许她知道自己会去面对这些。形势不再紧张，变得平淡无奇。那个开口问话的姑娘重复了一遍自己刚刚听到的那句话，我能感觉得到，她松了口气。恐惧本身并不能催生恐惧。故事到这儿就结束了。女士拿出了一支烟，两个姑娘谢过她之后就离开了。那位跑进车站的女士又回来了，红着脸结结巴巴地向同伴解释，借口糟糕极了。我为她感到难过。我想，在她生命中的某一天，她心里这样或那样的恐惧会淹没她、毁灭她。但是也许直到她被这些恐惧淹没、毁灭，直到生命的尽头，她也没有意识到自己内心的恐惧给自己带来了什么。

“站起来，别害怕。”

马蒂尔 7 月 17 日

结束……或者说是一个开始。